言葉の色彩と魔法

ラフィク・シャミ 著　　ロート・レープ 絵

松永 美穂 訳

西村書店

目 次

讃歌　4

クォ・ヴァディス？　6

父のラジオ　9

よその習慣　12

中性名詞　14

賞の推薦　16

空を飛ぶ木　18

ぼくが建築家にならなかったわけ　21

森とマッチ　24

魔法の呪文　26

祖父のメガネ　28

未来の本　30

木霊はどうやってこの地上に現れたか　33

聖歌隊　36

孤独な漁師の祈り　38

値下げ交渉　41

神さまが祖母だったころ　44

秋の気分　46

ジョーカー　48

磔刑　51

子どもの裁判官　54

人生の道　57

人間　60

サンタクロースの最後の言葉　63

サイードの自転車　66

のろまのサディクと、すばやい評判　68

祖父の塩　70

恥ずかしがり屋　73

行列に並ぶ　77

トゥンク　80

夢を写した写真　82

天国か笑いか、それが問題だ　84

悪魔の娘たちは知っていた　86

父がとうとう政治に無関心になったわけ　89

モダン・タイムズ　92

本物より上等の影武者　94

負の体重　96

愛の練習　100

聖マリアはけっしてノーと言わない　104

訪問　107

図太い神経　110

一生のあいだ、よその国で　113

片目のロバ　116

二度目の親離れ　119

デパートであって──バザールではない　123

キリギリスは歌い続ける　126

バラーディ　128

質問は自由の子どもだ　130

策を弄することについて　132

ぼくの物乞いの友人──1本の木　134

生まれながらの道路清掃員　136

華麗なる王　139

コーヒーハウスの祖母　142

誕生──クリスマスの話　145

マロニエの木　149

それは心だった　152

夢みたい　154

氷の船　156

インクの染み　160

解説　162

ラフィク・シャミ　著作　邦訳一覧　165

讃歌

きょうの昼、ふつふつとした思いがぼくの胸に湧き上がってきた。どの詩人もエッセイストも哲学者も、役人のための讃歌を書いていないのだ。なんという怠慢だろう！　官僚は、ひとつの王朝においてけっして廃れることのない種族であり、もう何千年ものあいだ、大した声もあげずに支配し続けているのだ。王たちは倒されてきた。役人は残った。革命家たちは笛や太鼓を鳴らして役人を追い払った。だが、役人は落ち着いていた。何千年もの経験が彼らの強みだった。役人は、革命家が四つん這いになってやってきて、戻ってきてくれと静かに頼むまで、悪魔のところで休暇を過ごした。それぞれの時代の支配者も、永遠の支配者である役人に比べたら、なんと滑稽な小物なのだろう。

役人は静かでやかましく、丁寧で荒っぽく、熱心で怠け者。完璧でもありいい加減でもあり、合理的であると同時に非合理的で──常に、権力を保ち続けることのできる性質を身につけている。そして、ぼくは確信しているのだが、地球が核兵器で滅ぶとしても、ゴキブリと役人は生き残るだろう。ゴキブリはキチン質の殻のおかげで──役人は、誰かがゴキブリの生活に意味を与えなくてはいけないからという理由で。

クォ・ヴァデイス？ （どこへ行かれるのですか）*

　ダマスカスで一番大きな映画館。132 人の生徒たちが、何列もの座席にわたって座っていた。ぼくたちはその映画を、割引料金で見ることができた。だからこそ、一生のあいだ映画という芸術を軽蔑し、一度も映画館に入らなかった父でさえ、ぼくが映画館に行くことを許してくれたのだ。先生は父に、「この映画を観ればクリスチャンとしての信仰が強められます」と言った。父が出した条件はたったひとつ、夜、家でその映画についてすべてを話すことだった。お茶を飲みながら話を聞くのが、父は何よりも好きだったのだ。

　でも、後でその映画について報告したとき、ぼくは嘘をついた。怖かったからじゃない。父の機嫌を損ねたり、神経を逆撫でしないためだ。ぼくは、子どもが急に部屋に入ってきたときに大人たちが話を変えるように、勝手に話を短くしてしまった。

　父は心地よさそうにお茶をひとくちすすり、期待を込めた目でぼくを見て、「こんにちはからさようならまで、ちゃんと話してくれよ」と言った。詳しい報告を聞きたいときには、いつもそんな言い方をするのだ。でもぼくには、どんなに努力したって予告編のことは話せなかった。予告されたのは、その映画館でもうじき公開される西部劇だ。ネイティブ・アメリカンが野生動物のようにばたばたと殺されていく。そんな話を聞いたら、父は神経の発作を起こしただろう。父はネイティブ・アメリカンの文化に敬意を抱いていて、コロンブスという名前を聞くたびに、十字を切って悪魔に 3 回唾を吐くのだった。

　それに、あの映画館で次回上映される映画のことなど、どうやって話せばよかったのだろう？　ハンフリー・ボガードが、ひどく陰気な役を演じているのだ。いずれにせよ、父の神経が鋼鉄でできていて、ネイティブ・アメリカンの虐殺や『カサブランカ』に耐えられたとしても、もし映画館で来週の目玉として宣伝された映画のことを話したら、ぼくを追い出して、ひとりで不機嫌にお茶を飲み干しただろう。それは恋愛映画で、髪にポマードをつけまくった男たちが、いやに感傷的な言葉で女たちに言い寄る話だった。しかもその女たちは、例外なく意地の悪い夫と結婚しているのだ。

　というわけで、ぼくは父に、いま上映されている映画のことだけを話した。地下に潜伏した初期のクリスチャンたちが、どんなに苦しんだか。カタコンベの話をし、ピーター・ユスティノフが見事に演じた皇帝ネロの話をし、永遠の都ローマが燃えたこと、そしてくりかえし、クリスチャンの苦しみについて話した。父はときおりお茶を飲むのも忘れて聞き入り、感動のあまり目に涙を浮かべていた。でもぼくは父に、映画の終わりにイスラム教徒の子どもたちとひどい殴り合いになった話はしなかった。その子どもたちは、ぼくたちの前の 2 列に座っていた。キリスト教を知るために、教師に連れてこられたのだ。映画が終わって劇場の明かりがついたとき、ひとりの少年がバカなことを思いついて、仲間たちに声をかけた。「おい、こいつらがいいクリスチャンかどうか、試してやろうじゃないか」

　その少年はぼくの同級生のガブリエルを平手

打ちして、単純に、ほとんど無邪気に呼びかけた。「さあ、左の頬も差し出すんだ」

　ガブリエルは最初、あっけにとられていたけど、やがてそのやせっぽちの少年に跳びかかり、彼の体を持ち上げて、観客の頭越しに３列も向こうに投げてしまった。大騒ぎになった。先生たちは呆れかえり、自分たちの生徒を恥じていた。でもぼくは、父にはひとこともそれについて話さなかった。

　次の土曜日、ぼくは教会で懺悔をしなくてはいけなかった。

　「嘘をつきました」ぼくはひざまずいて告白した。

　「どうしてそんなことをしたのかね？　欲望からか、罰が怖かったからか、それとも何か得をしようとしたのかね？」

　「人道的な理由からです」とぼくが答えると、しばらく完全な沈黙があった。それからその司祭さまはぼくに、嘘をついた罪から魂が解放されるように、贖罪の祈りを１回と、主の祈りを３回唱えるように指示した。あのとき司祭さまには何もわかっていなかったのだと、ぼくはいまでも確信している。

＊『クォ・ヴァディス』はポーランドの作家シェンキェヴィチによる、ローマ皇帝ネロの時代を描いた歴史小説。1896 年刊。のちに映画化された。

父のラジオ

　父はずっと前から、1台のラジオを持っていた。ぼくたちの家にはお客さん用のいい椅子もなかったし、たったひとつの鉢を一緒に使って食事をしていたのに、父は大枚をはたいて、キリスト教地区で一番いいラジオを買ったのだ。大きな木の箱に、魔法のような緑の目がひとつと、遠くにある町の秘密めいた名前が描かれた色鮮やかなガラス板が前の方にはめこまれていた。ぼくが字を読むようになったのはそのときからだ。パリ、ロンドン、マラケシュ、そのほかの魔法の町。

　ある日、とつぜんラジオが鳴らなくなってしまった。父はラジオを修理に持っていった。戻ってきたときには、「ランプ」をひとつ交換しただけで、父が2日かかっても稼げないような法外な金額を要求したイカサマ師のことを、さんざん罵っていた。「ランプ」というのは、当時はまだ大きかった真空管のことで、それが温まってラジオが鳴りだすまでに、いつも時間がかかった。父は修理屋がすることを細かく観察したせいで、よけいに不愉快そうだった。「ランプを出して、ランプを入れるだけ。それで終わりなんだ！」父はぼくたちに言った。今度壊れたら、自分でラジオを直すぞ、と言った。

　そのときが来るまで、長くはかからなかった。2週間後、またラジオが沈黙したのだ。父はラジオの背面の板を外し、温まらない真空管を見つけて取り出した。そして、その修理のあいだじゅう、父がまるで病気の子どもに話しかけるようにラジオに話しかけていたのを、ぼくは覚えている。

　父は急いでマーケットに行き、すぐに戻ってきた。びっくりしている隣人たちの目の前で、新しい真空管を所定の位置にはめ込むと、なだめるようにラジオに向かって話した。「すぐに直るぞ、おちびさん、もうちょっとだけ待ってくれ」。ラジオが再び大きくはっきりした音を出し始めたとき、父はホッとしたように息をついた。このあいだの修理代の5分の1しかお金がかからなかったし、ぼくたちは父を誇りに思った。父が恐れもせずに悪魔の機械の腹に腕を突っ込み、またその機械がしゃべるようにさせているのを、年老いた隣人たちはうちのテラスで黙って見ているだけだったからだ。ヴィクトリアおばさんが小さな声で「ああ、神さま、イエスさま」と囁きながら、心配そうに父の腕を見ていたことをいまでも覚えている。まるで、父の腕がもうじき光り始めるか、怪物に噛み切られてしまうとでも思っているみたいだった。

　隣人たちにもっとすごいところを見せようとして、父は大胆にいくつもの真空管を取り出しては磨いた。「こうするといい音になるんだよ」と言っては、白い布巾についた黒っぽい染みを見せたりした。ラジオはまた歌いだした。ところが、すべての真空管を戻した後になっても、小ネジがふたつと、雌ネジがひとつ残ってしまった。父は不思議そうに首をかしげた。それらのネジは、我が家でいつもぐらぐらしていたものを固定するのにぴったりだった。フライパンの取っ手と、ドアノブだ。

　1か月後にまたラジオの修理が必要になったとき、今度はプラスチックの管と針金が1本ずつ余ってしまった。ラジオはまた音が出るよう

になり、ぼくたちは父の手際にとても感心した。というのも、それ以来プラスチックの管はアイロンのケーブルを保護するのに使われ、針金はお隣のイスマイルさんのところで役に立った。イスマイルさんは熱狂的な感謝の言葉を父に伝えた。ずっと前から自宅の電気じかけの呼び鈴に使うために、銅線を探していたからだ。

半年のあいだに、6本の真空管がダメになった。父はそのたびに故障箇所を修理した。ラジオは歌い、ニュースを伝え、それと同時にネジや針金や奇妙な金属片を供給してくれた。

しかしある暑い日、ついにラジオは沈黙し、緑の目さえも開こうとはしなかった。父は拳で一度だけ、箱を強く叩いた。「何が不満なんだ、この極道息子！　わしのところでスルタンのような生活をしておるくせに」と、父は罵った。ラジオは魔法の目を開け、少しつっかえながらしゃべったり歌ったりし、ついにはボリューム全開で鳴り始めた。「ドブネズミにケーキばかりをやってはいかん。病気になるだけだ」と、父は教訓を述べた。「ときおり餌にゴミを混ぜてやるんだ。そうすれば元気になる」

信じても信じなくてもかまわない。それ以来、ラジオはもはや壊れなかった。ただときおり、ドブネズミのようなラジオの心が、悪態や拳骨を恋しがってはいたようだ。

よその習慣

　ダマスカスでは、客をもてなす場合、その客が自分で食べ物を持ってきたりすると侮辱されたような気になる。それに、アラブ人だったら絶対に、誰かの家に招待されたときに料理をしたり、菓子を焼いて持っていったりしようとは思わないものだ。ドイツ人は違う。招待されると、いつも何かしら持ってくる。自家製のジャムだとか、ピクルスだとか、ときには自分で焼いたケーキ、それによくあるのはマカロニサラダなど。どうして豆やソーセージやマヨネーズが入ったマカロニサラダなのか？　ドイツで22年暮らした現在でも、ぼくはマカロニサラダを見るとぞっとしてしまう。

　ダマスカスでは、招待された客は腹をぺこぺこに減らしていく。テストが待ち受けていると、わかっているからだ。食事がおいしいと言葉で主張するだけではダメなのだ。おいしいことを証明しなくてはいけない。つまり、ものすごい量を腹に詰め込まなくてはいけないのだ。しばしば体を壊しそうになる。言い訳はきかないのだ。遠慮がちな、あるいは満腹の、あるいは胃を患っている客のコメントに対して、アラブ人は常に有無を言わせず、洗練された脅迫の言葉をつきつけることができるのだ。

　ドイツ人を招待するのは気楽だ。時間どおりに来てくれるし、少ししか食べないし、興味深そうにレシピを尋ねる。しかし、腕のいいアラブ人のコックは、自分が魔法のように作り出した料理の手順を、短い言葉でわかりやすく説明することなど、ぜんぜんできないのだ。彼はおばあさんの話から始め、スパイスの話で終わる。そのスパイスは彼の村でしか採れないので

誰も見たことがなく、植物学者もその名前をドイツ語に翻訳できない。料理時間も、まだ腕時計がなくて、時間だけがたっぷりあった中世の習慣に従っている。ちょっとしたおかゆを作るのに2日間かかることも珍しくない。慌ただしい現代の暮らしなど、どこ吹く風なのだ。

　ドイツ人のお客は時間どおりに来るだけでなく、言うことも正確だ。5人で来ると言えば、ほんとうに5人で来る。もし6人目を連れてこようと思ったら、招待してくれた人に前もって長々と電話をし、人が増えることを詫び、でもこの6番目の客は天使のように気持ちのいい人ですよ、とか、とてもおもしろい趣味をお持ちの方です、とほめまくる。

　アラブ人は人を招く側としてはすばらしいけれど、お客としては最悪だ。12時に3人で昼食に伺います、と彼らは言う。ところが到着するのは夜の7時だ。招待された嬉しさのあまり、隣人やいとこ、おば、義理の息子まで連れてくる。でも、その家の戸口に立つまで、まったく予告なしなのだ。招待してくれた人を大いに驚かせようというわけだ。あるときなど、我が家の玄関先には29人の行列ができた。母が食事の後でゆっくり話をしたいと思って、自分の妹を招待したときのことだ。

　お気楽なアラブのことわざは言う。「40日間一緒に暮らせば仲間になる」。ぼくは22年以上もドイツで暮らして、自分が変わってきたのに気づく。でもお客の手土産に関しては？　ワインなら、何とか受け取ることができるようになった。でもマカロニサラダは——まっぴらご免だ。

中性名詞

ドイツ語の中性名詞というやつを、ぼくはドイツに22年住んだいまでも、まだ我慢できない。アラビア語には中性名詞なんてないからだ。

ドイツ語が好きな外国人は、接続法を受け入れることができるし、ぼくとしては、なかなか難しいものではあるけれど、動詞の前綴りだって受け入れられる。でも、中性名詞とは、休戦協定を結ぶことさえ無理なのだ。ぼくのような外国人が子ども時代に一度も関わったことのない中性名詞なんてものは、悪意ある罠に他ならない。ちょっと疲れたときや、悲しいとき、酒が入ったとき、怒ったときや感激したときに、きみはうっかり「家長がぼくに挨拶した」という文の「家長」という単語に男性名詞の冠詞をつけてしまう。すると会話の相手は、それがいい人であれば、上品にほほえむんだ。そのほほえみがとても上品なので、きみは自分が言い間違いをしたことに気づく。外国人としてキャリアを積んだきみは、どこが間違いだったのか、すぐにわかる。そう、「家長」という単語だ。きみはちょっと不思議そうにささやく。「家長って、女性名詞でしたっけ？」またしても間違い。「いいえ、中性名詞ですよ」

でも、ドイツ語の中性名詞は中立的とはいえない。4格の場合はまだ怪しげな中性の旗を掲げているが、3格になると冠詞も人称代名詞も男性の側に寝返る。つまり、「わたしは彼に（ihm）プレゼントを渡しました」となるのだ。でも「彼に（ihm）」と言いながらぼくが思い浮かべているのは若い女性だったりするのだ。ドイツ語で言うなら「娘さん（注：メートヒェンは中性名詞）」だ！

若い女性の家長であっても、3格になったとたんに男性名詞と同じ人称代名詞（ihm）になる。だから、中性名詞はハチャメチャなんだ。

ドイツ語に関する検問をくぐり抜けるために、うまい方法を考え出したずる賢い外国人もいる。よく使われているのは、自信がない単語の冠詞を他の単語よりも小さい声で発音するというものだ。第二の方法は、男性・女性・中性名詞の冠詞をミックスした形をとても早口でしゃべるというもの。フランス語の「ド」のように聞こえる。これなら誰も、ごまかしに気がつかない。第三の逃げ道は、すべてを複数形にしてしまうことだ。そうすればもう確実だ。家長、会話、委員会。複数形になれば冠詞はみな同じだ。もっとも、そんな方法で早々と安心してしまうと、うっかり面倒なことに巻き込まれかねない。「ベッドで寝る」とか「いいアイデアが脳裏にひらめく」の「ベッド」や「脳」を複数形で言えば、変人扱いが待っているというわけだ。

賞の推薦

　ほとんどすべての技術に対して、現在、何らかの賞が設けられている。ほとんど、であって、珍しい技術には該当する賞がない場合もある。誰もその技術に注目しない。ぼくはここにおいて切に、人々からないがしろにされている「聴く」という技術に対して賞を創設することを提案したい。もっとも細やかな聴き手には「絹の耳」賞を。2番目の人にはビロードの耳を。3番目の人には革でできた耳を贈るのだ。

　この技術の重要性は明らかだし、長々と説明する必要もないだろう。相手に耳を傾けるということがなければ、両親も、教会も、政党も、学校も、ラジオも、あらゆる種類の歌手や説教者たちも、男も女も、囁きあう恋人たちも、意味を持たなくなってしまうのではないか？　そう、まったく無意味に！

　でも、誰が一番よく耳を傾けているかなんて、どうやって測れるだろう？　聴かされる題材が高品質であれば、試すのは困難だろう。耳のそばに置かれる音の素材がひどければひどい

ほど、聴く力の高さがはっきりと示されることになる。だからたとえば、このコンテストに参加しようという家庭に録音機器を置かせてもらって、その日のあらゆる会話を記録させてもらうのがいいだろう。家族たちが話していたことを、その晩、最もたくさんきちんと再現できた人が、絹の耳を手にするのだ。

　あるいは、もし参加希望者の数が大きくなりすぎるのなら、とりわけ中身がなく、回りくどくて骨が折れ、無味乾燥で具体性に欠けるテクストを、2時間にわたって、殺伐とした灰色の部屋で単調に聴かせておくのがいいだろう。その際、一度もあくびをしなかった人、最後まで寝なかった人、そして、テクストをできる限り包括的に、知的なレベルで再現できた人は、絹でできた立派な耳をもらうのにふさわしい。

　賭けてもいいけど、この3つの賞をもらうのは女性だと思うよ。どうしてかって？　それはまた別の機会に話そう。

空を飛ぶ木

　ずっと昔のことだ。小さな土地に、1本の年老いて節くれだった林檎の木と、若くてすらりと伸びた杏の木が立っていた。2本の木には育つためのたっぷりしたスペースがあり、充分に離れて立っていたので、どちらかがもう一方の影で日を遮られて生きていくということはなかった。

　杏の木は年ごとにますます多くの花を咲かせたが、老いた林檎の木はそのことで腹を立てた。「おまえは花を咲かせすぎだ。蜂たちが忙しくなってしまって、わしの花の受粉に来る時間がなくなってしまう」

　「あたしはがんばっているだけよ」と杏の木は誇らしげに言った。「蜂だってそうでしょ。あんたは年をとりすぎていて、あとは薪になるだけよ」。この言い争いは、春が終わりに近づき、仕事熱心な蜂たちが両方の木の花をしっかり受粉させたころに、ようやく終わるのだった。

　夏が来ると、林檎の木は顔を輝かせた。「おまえの実はなんてみすぼらしいんだろう。それに数が多すぎて、ちょっと突風が吹いただけで落ちそうになっている。見てごらん、わしの林檎はひとつひとつが星みたいだ。農民が杏をつぶしてジャムにしてしまうのも無理はないね。おまえは不細工なジャム製造器だよ！」林檎の木はこんなふうに相手をあざけり、得意そうに、大きくて赤い林檎の実を見わたした。「クズ！あんたの実なんて、まずいジュースになるだけじゃないの。安物のジュース屋のくせに！」

　しかし秋がやってくると、2本の木はあまり話さなくなった。実が収穫されてしまったので、何について喧嘩したらいいかわからなかっ

たのだ。2本の木は一日中、退屈していた。やがて冬が秋と交代すると、木は深い眠りに落ちた。春の初めのある美しい日、1本の小さな木が、地面から顔を出してこの世の光を浴びた。最初にそのことに気づいたのは、林檎の木だった。「杏の悪党が、こっそり種を地面に落としたんだな。もうじき農民がわしを切り倒して、この土地には杏の木しか残らなくなりそうだ。わしは老いて、年々実が少なくなっている。あの農民は林檎の木が朽ちるに任せはしないだろうし、わしとしては新しく生えてくる木を歓迎するわけにはいかない！」

　「おはよう！」と小さな木は嬉しそうに挨拶し、蜂たちの機嫌を取るのに忙しかった杏の木をびっくりさせた。「おはよう！　あんたは誰？」杏は驚きながら尋ねた。そう訊きながら心のなかで、老いた林檎の木が晩年にいたって若木を生んで、農民の心を惑わそうとしているのかしら、と思った。「ぼく？　木だよ」

　「それはわかるけど、何の木？」先輩の2本の木は、声をそろえて尋ねた。「わからない。木、というだけではダメなの？」

　「ダメよ、何か決まったものにならなくちゃ！ごらん、杏は一番働き者の木よ。気に入った？」杏が相手におもねるように言った。

　「うん」と若い隣人は答え、ただちに2枚の可愛らしい杏の葉をつけた。「若者よ、間抜けなジャム屋にだまされるな！　世界で一番美しいのは林檎だぞ！」林檎の木が巧みに話したので、小さな木は2枚の林檎の葉をつけた。「そんなわけにはいかないわ！　どっちかに決めなくちゃ！　林檎、それとも杏？」杏の木が、また

腹を立てた。「まだわからないんだ！　時間が必要だよ！」若い木は驚いて言った。「なんてバカなんだ！」と、2本の木は呻き、また蜂たちに注意を向けた。小さな木は太陽を眺め、太陽の丸くて輝いているところが好きになった。日没前、若い木は丸い葉をつけた。暗くなってもまだ興奮していて、眠ることができなかった。若い木にとって、この世界での最初の夜だったのだ。星たちが木に挨拶した。木はすぐに、星はどれもみな違っていることに気がついた。どの星にも別の物語があった。月は若い木にお話を聞かせて、うっとりさせてくれた。明け方、木はようやく眠ることができた。翌朝、隣の2本の木は、若い木がたくさんの新しい葉をつけていたので驚いた。いくつかの葉は星のように見えた。梢からは小さな枝が飛び出し、緑の半月をつけていた。「こりゃ愉快だな」と、林檎の木はあざけった。

「あんたって、役立たずね。どんな木も1種類の葉だけをつけて、ちゃんとした実がなるように気をつけるのに」と、杏の木が説教した。

「どうして？　星や月をつけているのって、すてきじゃない？」

「ぜんぜん。何のためにつけるの？」

「星や月は、とっても美しいお話を聞かせてくれるんだよ」

「美しいお話なんて、役に立つのかしら？あんたは、実をつけなくちゃいけないのよ！」

「でもぼくは、お話ってすてきだなあと思うんだ。おじさんたちも、お話ししてくれる？」

「こりゃ愉快になるな！　お話だと？」

「そう！　だって、おじさんもおばさんも、もう大人でしょう？」と、若い木は尋ねた。

「お話はできないわ。でも、ほんとのことなら言えるわよ」と、杏の木がうめいた。

「ほんとのことって、何？」「地球はひとつの大きな杏だってこと！　これが、真実よ」

「嘘だね」と林檎の木が意地悪く口を挟んだ。「それこそ嘘八百だ。真実は、地球はひとつの丸い林檎だってことだ」言い争っているうちに、2本の木は小さな木のことを忘れた。

1羽の燕が優雅に飛びながら、蚊をつかまえた。燕は突然、みごとな木に気がついた。「きみ、ちょっと変わってるね。何の木なの？」

「ぼくにもまだわからないんだ。1本の木、というだけではダメなの？」

「いやいや、大丈夫だよ！　かっこいいと思うよ」燕は叫んだ。

「お話ししてくれる？」

「変なやつだなあ！　待ってなよ、友だちを連れてくるから。あいつはぼくたちのなかでは一番話がうまいのさ！」燕はそう言って、飛び去った。

しばらくして、燕は年上の燕をもう1羽連れて戻ってきた。燕たちはお話がうまい。世界中を旅し、家や家畜小屋の軒下に巣を作る。たくさんのことを見聞きし、あらゆることを覚えている。年上の燕は若い木に、さまざまな世界の話を長いこと聞かせてやった。そして若い木が最後にすっかり感心しながら、地球って1羽の燕みたいに見えるのかなあと尋ねると、年上の燕は笑いすぎて枝から落ちそうになった。それ以来、若い木はもはや、地球が林檎や杏のように見えるとは信じていない。

ぼくが建築家にならなかったわけ

　ダマスカスでは、建築家はとても尊敬される。職業のランクでいえば、牧師と教師のすぐ次だ。建築学科は厳しいことで有名だった。難しい入試が、建築科を夢見る若者の心に水をかけた。でもぼくは、幼いころから注意深く図画の授業を受けていたし、ふたつのことに長けていた。物体をさまざまな平面に反映させてスケッチすることと、遠近法を魔法のように生み出す消失点を見つけることである。

　消失点は目に見えないが、すべてのものに含まれている。そしてまさにあらゆる絵の世界を変化させるこの点が、志願者の野望を打ち砕いたのだ。ぼくは、とてもいい成績で入試に合格した。だがあまりにも早く、残念なできごとが起こってしまった。

　建築の本には、とても払えないような高い値段がついていた。そして、大学図書館は出版社と共謀でもしているかのように、他の学部の本は何でも貸してくれるのに、建築の本だけは貸し出し禁止だった——何ひとつ、「建築」と名のついたものはタイプ原稿でさえ、貸してはくれないのだ！

　オリエントにおいては、まっすぐな道が少ないのは偶然ではなく、代わりにたくさんの曲がった路地が迂回しながら同じ目的地に向かっていくのだ、と隣人がそのときに言った。そこでぼくは他の道を探し、すぐに救いを見出した。

　大学の1年目を終えた貧しい学生たちが、2年目の学費の足しにするために使用済みの本を売っていたのだった。ぼくたちにではなく、金貸しに売ったのだったが、実はこうした金貸しも、貧しい学生が建築の本を買えず、それでも学びたいと思っているのを利用して生計を立てているずる賢い学生たちだった。彼らは月ごとに料金を取って本を貸し出し、悪くない暮らしをしていた。

　ぼくは最初に2冊の分厚い教科書を借り、高いけれども何とか調達可能な額を支払った。貸してくれたのはやたらと文句の多い小男だった。

　「なんでそんなに乱暴にページをめくるんだよ？　これは紙でできた本で、鉄鋼じゃないんだ。大切に扱えよ」すでに本を渡すときから、彼は文句を言った。

　ぼくは図書館で勉強しなくてはいけなかった。他の選択肢はなかった。というのも、家には7人のきょうだいがいて、狭苦しい住居では勉強なんて、七不思議に次ぐ世界の8番目の不思議になってしまうからだった。

　「肘は本につかないで、机についてくれよ。そうでないといつかページがバラバラになってしまうから」と、その日の晩にはもう、本を貸した男が二度目の注意をしてきた。ぼくと同じように図書館で課題を解いていた哀れな学生も、彼に怒鳴られた。「汗をかいた両手を乾かせ！」「ページの上には手を置くな！」そうでなくても印刷が薄いし、手で活字を消してしまうことになるから、と言うのだった。

　3日目に、彼は最後の注意をしてきた。ぼくは複雑な図形を透写しようとして、薄い紙を本の上に置いたのだけれど、するともう彼がやってきて、みんなに聞こえるような声でわめいたのだ。「俺を可哀想だと思わないのか？　みんなが尖った鉛筆でその図形をなぞったら、すぐに変形してしまうんだぞ」

ぴったり3週間後、ぼくは彼に本を返さなくてはならなかった。絶望的な気分だった。するとそこに2番目の、太った大柄な貸本屋が現れたのだ。「あいつ、ひどい奴だろ？」と彼は言った。「みじめな学生たちが、どうしてくりかえし彼の罠にはまるのか理解できないな。彼がきみから本をとりあげたのは、別の学生がもっと高い料金を払うと言ったからだ。それにあいつは、別の本は持っていないのさ」

　たしかにぼくは、学生たちがその間に順番待ちのリストを作り、何人もの学生が、本を借りるために2倍の料金を払おうとしていることも聞いていた。

　2番目の貸本屋は、自分は充分な数の本を持っており、自分の顧客たちはみな満足している、と語った。料金はいくらか高かったが、彼はその分、親切だった。ぼくはまた本を2冊借りることにして、1か月分を前金で払った。しかし、実際に本を受け取ったとき、本の状態を見てぎょっとした。きちんと綴じられてはいたが、シミだらけで、古い油と炒めたジャガイモの匂いがした。返却期限はぼくにとってものすごいプレッシャーだった。その晩までに、さらにふたつの課題をやっておく必要があった。すると大男がぼくの上に屈んで、父親のような口調で言ったのだ。「なんでそんな不安そうに本を撫でているんだ？　人生をつかみ取れよ！」そう言って彼が音高くページをめくったので、

他の学生たちはみな、愉快そうに笑った。

　その翌日、彼はぼくの肩を親しげに叩いた。ぼくは振り向きもしなかった。すると彼が大声で「おやまあ！」と言うのが聞こえた。彼は笑い、隣で机に向かっていた人々をおもしろがらせた。「きみはまるで本がライオンだとでもいうように座ってるな。心配するなよ、安心してページに肘をついて、押しつぶせよ。俺は他の欲張りな貸本屋とは違うんだ。本は使うためにあるんだよ、見ろ」そう叫ぶと彼は分厚い本を机からかっさらい、床に投げて一同を見回した。「これがいい製本ってやつだよ。俺はどの本も追加で製本させてるからな。俺の本に関しては心配する必要はないぜ」

　その日から、彼は毎日ぼくのところに来るようになった。本を借りて図書館で勉強しているぼくたち4人の貧しい若者は、カラフルな犬のように有名になってしまった。人々はぼくたちを見るだけで笑うようになった。

　ぼくの我慢は1か月以上続かなかった。ぼくは本を返却し、どの学科だったら本が一番手に入りやすいか尋ねた。

　「化学だよ」というのが答えだった。化学の教授たちは新しい教科書を執筆しているところで、自分たちの講義のテクストを学生たちに原稿の形で配っていた。しかも無料で！

　というわけで、ぼくは化学者になったのだ。

森とマッチ

昔、あるところに大きな森があった。何百本もの松の木が、誇り高く頭をもたげていた。その脇に生えている3本のオリーブの木は小さくてやせっぽちだったが、誇り高さにおいては松に負けなかった。

「松の木が遠くまで見渡せるからって、ぼくたちには関係ない。松は高慢ちきで、ちょっとした風にもゆらゆら揺れてしまう。ぼくたちは深く根を張っているし、地面の上では何も見逃さないぞ」とオリーブの木は考えていた。

でも松の木は、地面で起こっていることなど意に介さなかった。そして、遠くまで見渡せることをひたすら誇っていた。

松とオリーブはときおり、オリーブの実と松の種のどちらが優れているかで言い争った。

「ぼくたちは貧しい人に栄養を与えるよ。きみたちはせいぜい、失敗した料理の飾りになるくらいじゃないか」とオリーブはあざ笑った。

「我々の実はとても高級だ。お前たちのはぬるぬると油臭い実じゃないか」と松は答えた。

でも松とオリーブはお互いを避けるわけにもいかなかったので、挨拶するときにはとても丁寧だった。

ある日、オリーブは、地面に1本のマッチが落ちているのを見た。マッチはオリーブに囁いた。「心配しなくていいよ、謙虚で親切なオリーブさん。ぼくは、松にだけ火を点けるつもりなんだ。ぼくの母親のポプラを悪く言ったから、復讐するんだ」

2本のオリーブの木が言った。「ぼくたちには関係ないよね？ マッチは松にだけ火を点けるつもりなんだ。松はほんとに高慢だからね」

しかし、節くれだった顔をした、一番年上のオリーブは言った。「マッチは卑劣だ」。そして、松に呼びかけた。「風を呼んでこい！ 雲を呼んでこい！ 雨を降らせて、あの卑怯なマッチをやっつけろ」

松はあざけるように笑った。「マッチなんかに何ができる。あのバカなポプラの息子じゃないか」。でも、何本かの松はこう考えた。もし火事になったら、あのみっともないチビのオリーブは全部燃えてしまうだろう。そうしたら雲を呼んで、火を消させよう。そして、新しくできた空き地に我々の種子を蒔こう——そうしたら、我々のようなまっすぐな松の木だけがここに生えることになる！

年とったオリーブの木は枝を天に向かって伸ばし、風や雲を呼び寄せようとしたが、その枝は短すぎ、固すぎた。風にも雲にも、届くことはなかった。

太陽が輝いているとき、マッチは近くに落ちていたガラス片の下に潜った。しばらくすると、小さな炎が燃え上がった。火は大きくなり、松とオリーブを飲み込んだ。松は風と雲を呼んだが、パチパチという火の笑い声の方が大きくて、雨も降らず、嵐も来なかった。そうして、森全体が焼け落ちてしまった。

それ以来、世界中の松の木は、地面で起こっていることについてのオリーブの報告に耳を傾けるようになった。そしてオリーブも、遠方について松の木が語ることを注意深く聞いている。

でもマッチは日ごとに箱から飛び出して、チャンスをうかがっているのだ。

魔法の呪文

　菓子屋には誘惑の匂いが立ちこめていた。通りかかってその匂いを嗅ぐと、何かしらの理由を作ってベルを鳴らし、何かを尋ねずにはいられない。それは、ほんの1分でもいいから、この匂いの雲に浸りたいがためなのだ。菓子屋はみんなから尊敬されているアルメニア人で、民族の虐殺があってからダマスカスに避難してきたのだった。彼は無口だが親切だった。

　ぼくと同じ通りに住む子どもたちは、菓子屋の前にしゃがんで魔法の本の話をしていた。アルメニア人がその本を持っていて、秘密の呪文を唱えれば、どんな生地でもいい匂いのケーキになるというのだ。ぼくたちは魔法にかかったみたいにそこに座って話を聞きながら、これまでにどんな菓子屋も作ったことがないような最高の焼き菓子を想像してわくわくしていた。

　そもそも魔法の呪文というテーマがぼくたちを興奮させた。幼なじみのヨセフがある日ぼくに向かって、うちのおばあちゃんは動物を人間に変える呪文を知っているんだ、と話したときのことを覚えている。

　ヨセフの言葉によれば、おばあちゃんはこう言ったそうだ。「あらゆる動物は、昔は人間だったんだよ。人間は呪文を唱えると、自分に一番性格が似ている動物に変身するのさ。動物はいつでも、同じ呪文によってまた人間に戻ることができる。ただ、それまではけっして笑っちゃいけない。笑うと忘れっぽくなって、呪文が記憶から消えてしまうからね。

　だから、たくさんの人が永遠に動物のままになってしまうんだ。でも、口の悪い人たちは、動物はほんとうは呪文を忘れたんじゃなくて、人間を見ると、動物のままでいる方を選ぶんだと言っているよ」

　おばあちゃんはときおり、悪ふざけをして犬の耳に呪文を吹き込んでいるんだ、とヨセフは主張した。そうするとすぐに、犬のようにおとなしくて聞き分けのいい男の人がそこに現れるんだ。数学の先生が大嫌いだった友人ヨセフは、苦々しげに付け加えた。「あの老いぼれは、おばあちゃんの失敗作なんだ。おばあちゃんがあいつをロバのままでいさせてくれれば、もっと人の役に立ったかもしれないのに」

祖父のメガネ

ぼくの祖父は、一生のあいだ、たった1冊の本しか読まなかった。聖書だ。ゆっくりと、とてもゆっくりと読んだ。その様子はぼくの記憶に刻まれていて、けっして消えそうにない。祖父は大きな本の上に屈み込むようにして座り、沈みゆく太陽の最後の光を得ようとしていた。人工的な光の下ではけっして読もうとしないのだ。

誰かが祖父の一番大きな望みについて尋ねると、こう答えていた。「天国には立派な聖書があるといいな」祖父はそこで、木の下に座って昼も夜も聖書を読みたいというのだった。というのも、天国では太陽が沈むことはないからだ。年とともに目が悪くなり、祖父は小間物屋でメガネを買ってきた。あの当時は、メガネ屋も眼科医もいなかったのだ。小間物屋に行かなければいけなかった。そこにはあらゆる種類のメガネが置いてあって、自分に合うものを見つけるまで、長いこと試してみたものだ。

メガネは祖父の顔を変えた。もう親切で賢そうには見えず、頑固で不安げで、絶えず驚いているように見えた。ぼくがそのことを祖母に言うと、祖母は笑った。「そうだね、おじいさんはときどき不安で頑固になるんだよ。それに、生まれたときからいつもびっくりしているのさ」

ある日、祖父は亡くなった。ぼくはちょうど母と3日間の旅行に出ているところだった。戻ってくると、祖父は居間に寝かされていて、硬くなっていた。ぼくは長いこと祖父の死を悲しんでいた。祖父は細工の名人で、とても我慢強く、世界一のおじいさんだったのだ。

2週間後、ぼくは祖父のメガネを見つけた。棚のなかの、聖書の後ろに置いてあった。

ぼくは祖母のところに走っていった。「ほら、メガネがあったよ」とぼくは息を切らしながら言った。「おじいさん、天国で本が読めないんじゃないかな」

おばあさんは一瞬困ったようにぼくを見つめてからほほえんだ。「おじいさんにはまず天国のあちこちを見てもらって、もうすぐわたしが行くときに、メガネを持っていってあげようね」

月日が過ぎても、ぼくはメガネを大切に保管していた。ときおりかけてみては、鏡を見つめた。怒った目つき、少なくとも勇敢な目つきをしようとしているのに、ぼくも驚いたような顔で、頑固で不安げに見えた。

半年後、祖母が重い病気になった。昼食のとき、母が叔父に向かって、「お母さんはすぐにお父さんのあとを追ってしまうのではないかしら」というのを聞いたとき、ぼくは安堵の息を漏らした。自分の部屋に走っていってメガネを取ってくると、祖母のところに行った。

「これを忘れないでね」とぼくは言った。祖母はあまりに笑ったので、咳の発作が出てしまった。それからぼくの頭を撫でて、メガネを受け取った。

3日後に祖母は死んだ。棺のなかを覗いた隣人たちは少なからず驚いた。普通なら死んだ女性の両手にはロザリオが置かれている。祖母の両手には祖父のメガネが引っかけてあった。

「これが故人の願いだったのです」驚き呆れる司祭に、母が説明した。あの日から祖父はまた読書を始めたと、ぼくは確信している。

未来の本

マンフレッドはこの国で最高のコンピューター専門家のひとりだ。「未来の本を作るのが夢なんです」と彼は、最近の訪問でわたしに語った。「その本は読書に革命をもたらすでしょう。雰囲気を体験しながら読むことを可能にするのです」と、彼は熱心に語った。「面倒な厚みもなく、本棚も要らず、森を破壊することもありません。紙は必要ないんです。掌大の長方形の機械を一度だけ購入し、自分が好きなように知識のスタンドで補充ができるんです。いわば電子図書館ですよ。わずかな料金で、あっというまに世界中のどんな本でもあらゆる言語で呼び出すことができ、保存できるんです。まもなく、あちこちにセルフサービスの機械が出るでしょう。長方形の電子ブックをカセットテープのようにそこに差し込み、希望するタイトルを入力すればいいんです。1秒もかかりません。すぐにテクストが保存されるんです。この小さな電子ブックには30万ページの容量があり、好きなように引用したり呼び出したり消したりできるのです。

自宅に戻ると、〝雰囲気読書〟の大切なプロセスが始まります。〝オン〟のスイッチを押せば、モニターは好きな文字レイアウトのページに変わります。文字の大きさや色も希望通りにできます。前にめくることも後ろにめくることも可能です。でもそれはまだ、何でもありません。指で行の上を擦ると、〝サウンドファイル〟が起動します。レシーバーが赤外線シグナルを受信して、内蔵された〝サウンダー〟の4チャンネル方式のスピーカーを動かします。するとそのパラグラフに書かれたあらゆる音が再生され

て、足音も風の音も、虫の音も滝の水音も、背景にあるすべての音が聞こえて、まるで自ら小説のなかにいるような気持ちになれるのです。でもこれでさえ、まだ何でもないことです。レシーバーからは同時に〝雰囲気ファイル〟に信号が送られ、送風機とスプレーを通して温度、風、湿気、匂いが調節されます。

純粋な音響空間を作り出すことは問題ありません。これは音の利点でもあります。音は生まれた瞬間に消えますからね。でも匂いは違います。100個ほどの噴射口が、本のなかの描写に合うように空気を調節します。でも匂いはどうやったらすぐに消えますかね？　多くの物語において、シチュエーションは刻一刻と変わりますから、あなたの鼻はすぐに別の匂いを感じるべきです。銃撃を交えながら誰かを追っていくような場面を想像できますか？　いくつもの通りを抜け、ナイトクラブや家や駐車場や沼を通っていくような場面を？　新しいコンピューターを使えばどんな雰囲気も作り出すことはできますが、匂いをすばやく問題なく消し去ることは、現代でもまだ不可能なのです。コンピューターで操作できる〝消臭器〟はすでに存在していますが、小さな部屋がいっぱいになってしまうような大きさで、値段もまだとても高いのです。でもこうした機材は、一生の価値がありますよ。この消臭器で家のなかの嫌な匂いを吸い取り、他の匂いに置き換えることができるのです。コンピューターも小型になるでしょうし、そうすれば製造費も安くなります。だからもうすぐ、どの家庭でも〝雰囲気読書〟が可能になるんですよ」

「もうすぐ、というのはどういう意味ですか」わたしは勝ち誇ったように言った。「わたしはすでに、そういう機械を所有していますよ。その機械にはもっといろいろなことができるし、お化けみたいな噴射機や消臭器より、環境にもずっと優しいのです」

マンフレッドは一瞬、驚いたように黙り込ん

だが、それから困惑しつつほほえんだ。

「ぼくをからかう気ですか？　いま話した魔法の機械はまだ計画中です。存在はしていないんですよ！」

「でもね、ここにはありますよ」わたしは言い、自分の頭を指さした。

木霊はどうやってこの地上に現れたか

　昔々、人間が地上に現れるよりもずっと前、ひとりの悪魔がいて、深い洞窟や渓谷を妻とともに歩き回っていた。仲間内ではこの悪魔は、人の話を聞かないことで有名だった。そのことで一番苦しんでいたのは彼の妻だった。というのも、その悪魔は妻の話を聞かないだけではなく、妻が話すことは何でも愚かだと決めつける習慣があったからだ。彼は何にでも反論し、妻が心を込めて語っても耳を傾けなかった。

　ある日、妻は夫と喧嘩をした。妻が自分の正しさを主張すると、夫は殴りつけた。でも一番ひどかったのは、夫がそのあとで穏やかに慈悲深く、なぜ自分の打擲が妻のためになるのかを説明しようとしたことだ。彼の言葉からは蜜が滴っていたが、妻にとってはすべてが胸の痛むことだった。これからは彼の口がふたつとなり、耳はひとつだけになるように、と彼女は夫を呪った。

　悪魔の妻が心から夫を呪ったとき、悪魔の神はまさにその渓谷の上を通り過ぎるところだった。神は妻の呪いを聞き、彼女を哀れに思った。そして、この悪魔についてはしばしば悪い噂を聞いていたので、妻の願いを叶えてやることにした。悪魔は眠り込み、目がさめたときには突然口が上下にふたつあり、小さな耳が額にひとつだけついていた。ちょうどひよこ豆くらいの大きさだった。古い耳は、色褪せた秋の木の葉のように、枕に落ちていた。

　悪魔は最初はとても喜び、跪いて神にこの恵みを感謝した。いまや前よりももっと早く、大きな声で話すことができるのだ。このときから、彼はもうおしゃべりが止まらなくなった。

食べたり飲んだりしているときも、もうひとつの口が語るのだった。

　他の悪魔たちは、なぜこれが神の罰なのか、理解できずにいた。いまではこの悪魔は仲間の話を前よりも頻繁に遮ったり、もうひとつの口で答えたりできるのだ。

　ひとつの口でさえ我慢できなかった妻の方も、いまでは絶望しかけていた。夜のいびきも、ふたつの口から聞こえてきたからだ。

　悪魔はますます、自分のふたつの口から出る声しか聞かなくなった。いつしか彼の言葉は目に見えない壁となり、友人や敵から彼を隔ててしまった。まるでペスト患者であるかのように、すべての悪魔は彼を避けた。誰も彼の言葉に注意を払わなくなった。妻さえも彼の言葉を聞かなかった。言葉というのは繊細な魔法の花で、他者の耳のなかにようやく苗床を見出すのだ。だが、彼の言葉はもはや誰からも聞かれずに、唇を離れるやいなや色褪せていった。

　悪魔はまもなく、死んだ言葉を抱えて惨めな気分になった。孤独のなかで、ついに自分の愚かさを悟った。それからは、自分のしたことを償おうとした。ふたつの口で沈黙し、以前ならふたつの耳でもできなかったほど、小さな耳で注意深く人の話を聞いた。何年ものあいだ、彼は心のなかで悪魔の神に向かって、もっとよく話を聞けるように第二の耳を与えて下さいと祈っていた。妻は彼を哀れみ、近くの洞窟や泉や火山に住んでいる隣人たちも自分たちの怒りを忘れて、この気の毒な悪魔を許してやって下さいと創造主に嘆願した。

　しかし悪魔の神はまだ何年も彼を憎んでお

り、この件に関してはどんな嘆願者にも宮殿に足を踏み入れることを認めなかった。1001年目にようやく、彼は不幸な悪魔に謁見した。「自分の行いを悔いているのか？」神は腹立たしげに尋ねた。

悪魔はうなずいた。

「またふたつの耳とひとつの口を得るためには、何でもするつもりがあるのか？」

悪魔はどんな犠牲でも払う覚悟だった。

「それなら、これからただちにふたつめの口の代わりにふたつめの耳を持つがよい。その代わり、呼び声や言葉を耳にしたら、それが悪魔のものであろうと動物のものであろうと人間のものであろうと、くりかえさなくてはいけない。この世の終わりまで、蝉の鳴き声であろうとたった一度でも聞き逃したら、お前に災いあれ」

「心の主よ、あなたの望みはわたしへの命令となります。この世の終わりまでおっしゃるとおりにいたしましょう。どうぞふたつめの耳を与えて下さい。太陽と月がわたしの証人です」

悪魔は感動しながら、いまやまたひとつだけになった口で言った。

それ以来、木霊は（それが悪魔の名前だったのだが）人間や悪魔や動物のあらゆる声を、渓谷や洞窟や断崖の下でくりかえしている。転がる小石の音さえも、聞き逃さないのだ。

聖歌隊

母にとっては苦い敗北だ！　何週間も前から母はぼくを、教会の聖歌隊で歌えと責め立ててきた。だからぼくは今日、母のためにそこに出かけていったのだ。母はぼくに、褒美としてオレンジを２個くれさえしたが、それはぼくの妹をひどく怒らせた。いまでは妹も、オレンジが２個もらえるなら、と聖歌隊に入りたがっている。

ぼくたちは２時に教会の中庭で落ち合った。聖歌隊の責任者であるゲオルギオス司祭がぼくたちを迎えてくれた。彼は新人であるぼくたちを、変声期が来ていないかどうか、まずテストしようとしていた。まず、背の順に並ばなくてはいけなかった。ぼくはもう身長が165センチだったので、一番後ろに並んだ。ぼくたちは司祭のあとについて『キリエ・エレイソン』を何度か歌ったが、司祭はそのたびに困惑した様子だった。

「誰かがうなり声を上げている！」と、司祭は決めつけた。それが最前列の太っちょのゲオルクだということを、彼はすぐに突き止めた。司祭は太っちょに何かをささやき、太っちょはうなだれてドアの方へ歩いていった。それからぼくたちはまた歌わされたが、司祭はあいかわらず満足できなかった。

「まだうなっているのは誰だ？」彼は納得できない様子で言った。

ぼくたちは互いに顔を見合わせ、肩をすくめ

た。すると彼は、ぼくたちを３つの小さなグループに分けた。よりによってぼくのグループに、うなり声を上げている奴がいるということになった。ぼくはできる限りか細い声で歌おうとした。

ゲオルギオス司祭は意味ありげにうなずいた。ぼくのところに来ると、肩を叩いた。「きみ、悪く思わないでくれ」と彼は言った。「きみの声は低すぎるんだ。まあ、運が悪かったんだね」

ぼくが外に出ると、ゲオルクがまだドアの前でぶらぶらしていて、いやらしくニッと笑いかけてきた。「バカらしいお歌ごっこだ」と彼は言った。「俺、わざとずっと間違えてたんだ」。ゲオルクは家に帰る道すがら、くだらないおしゃべりでぼくの耳をいっぱいにした。

家に帰ると近所のおばさんたちが母のところに大勢、コーヒーを飲みに集まっていたのでびっくりした。せっかちな母は、司祭がわざわざぼくに聖歌隊で歌うように頼みに来たのだ、と言いふらしていた。あまりにも早くぼくが戸口に現れたので、母は放心状態でぼくを見つめていた。司祭さまに放り出されたんだよ、とぼくは言い、母は司祭に対して怒りを爆発させた。他の奥さん連中は表面上は母を慰めようとしたが、母は聞く耳を持たず、「あの老いぼれカラスに歌の何がわかるというの？」と罵り続けたのだった。

孤独な漁師の祈り

愛する神さま、こんなことを言う必要はないかもしれません。あなたはすべてをご存じだからです。でも、たまたまわたしを見落とされた可能性もあるかもしれません。3日間というもの、わたしが海から網を引き上げても、投げ込んだときと同じくらい空っぽです。観光客が来るようになってから、わたしたちの海岸は魚にとってあまりにも落ち着かない場所になってしまいました。サーファーや飛行機やモーターボート、わたしには名前も覚えられないようなあらゆる種類の騒がしい悪魔の機械が、魚たちを深みへ追いやってしまったのです。海の深みにいる魚たちは、漁船団の新しい船にレーダーで検知され、根こそぎ持っていかれてしまいます。

そして、わたしときたら？　わたしには両手しかありません。わたしの舟と同じく、わたしの両手も、塩と疲れでぼろぼろです。愛する神さま、助けてください。信じられないほどお腹が空いているのです。

マームドとアリは、もう漁をしていません。インドネシア産の貝殻やカリブ海の珊瑚を観光客に売りつけています。ムスタファは5台の自転車をレンタルして、いい暮らしをしています。そしてアブドゥラは、溺れかけた観光客を助けるボランティアをしています。それに対するお礼だけで、以前漁で稼いでいたのと同じくらいのお金をもらっています。彼はいつも言います。「なんてこった、昔は魚たちを海から引き上げていたが、いまじゃ人間を引き上げてる。魚だろうが人間だろうが——どちらも神さまの創造物さ」

そしてわたしはここに座り、待っています。海は荒れていて鉛色、波も濁っています。愛する神さま、この静けさがわたしを不安にします。

アブドゥラがわたしにヒントをくれました。アブドゥラひとりで海岸全体を見張ることはできないし、当局は人件費を節約するために、ライフガードを解雇してしまったんです。そうなったら俺たちは商売のために、観光客が溺れ死ぬことを願わなくちゃいけないな、とわたしが冗談を言うと、彼は抗議しました。「溺れ死ぬのはダメだ、死体じゃ金は稼げないから。神さまが観光客を、もう少しで溺れ死ぬような状態にして下さればいいのさ。そして、世界の支配者である神さまは賢い方だから、そのことをよくわきまえてるんだ」

愛する神さま、わたしにお恵みを与えて下さい。あっちに座っているふたりの観光客の女性は、きっと泳げないでしょう。潮が引いているときに、やっとのことでこの平らな岩にたどり着いたのです。そしていま遠くから、あのふたりが水に飛び込もうとして励まし合っている声が聞こえてきます。ひとりは相手の長い髪を撫で、遠くの浜を見やっています。彼女がけしかけ、もうひとりはためらっています。ふたりとも、もうへとへとなのです。そしてわたしは、あたかも網を繰るので手一杯のふりをしながら、待っているのです。彼女たちが水に飛び込んだら、わたしはゆっくりと舟を漕いで追いかけるつもりです。わたしを見たら、彼女たちの最後の力は失せるでしょう。そしてわたしを呼んで、助けを求めるでしょう。

愛する神さま、あの頑固な女の心を和らげて

下さい。4人の子どもが夕食を待っているのに、まだ何も買えないのです。

　愛する神さま、あのふたりを水に飛び込ませ、ほとんど溺れ死ぬようにして下さい。

　いや、わたしは運の悪い人間です。ひとりの女が首を横に振っています。もうひとりは満ちてくる海水を指さしています。髪の長い方が立ち上がり、浜辺との距離を測り、がっかりしたように首を横に振りました。

　満ちてくる潮の波のなかで、浜辺はどんどん遠くに沈んでいきます。次の干潮までは、まだとても長い時間がかかるのです。ここで待つのは不可能です。すでに彼女たちのくるぶしを、海水が覆っています。

　愛する神さま、ためらっている女をひと押しして下さい。そうすればわたしの子どもたちは、またもや乾いたパンとハーブティーでむりやり腹を満たし、眠らなくてもよくなります。アブドゥラは言いました。観光客は気前がいいぞ。すぐに手を財布に突っ込むんだ。

　そして、いま？

　やあ、彼女が飛び込んだ！　わたしはいまいましい網を海から引き上げ、ゆっくりと、でも音を立てながらふたりに近づいていきます。髪の長い方が振り返り、わたしを見つけて手を振り始めます。ありがたや、愛する神さま、きょうのところはこれで助かりました。

値下げ交渉

　母さんと買い物に行くのは、いつも特別な体験だった！　遠くのバザールまで行くと時間がかかりすぎるので、めったに行くことはなかったのだけれど、きょうはお供することになった。

　行くたびにぼくが驚くのは、毎月バザールで買い物をする客が何千人もいるはずなのに、商売人たちが母さんを覚えていることだ。商売人たちはぼくの父さんがどうしているか尋ね、母さんは商売人たちの奥さんや子どものことを尋ねる。ときには母さんは商売人のひとりのところで腰を下ろし、布地や洋服を見せてもらいながらコーヒーを飲み、話をし、相手の話にも耳を傾ける。それから立ち上がって何も買わずに立ち去るのだが、商売人はそれでも気を悪くなんかしない。だけど、もし母さんが品物を値切り始めたりしたら、ぼくは聖書に出てくるヨブ（注：旧約聖書『ヨブ記』の主人公。財産や子どもを次々喪（うしな）っても神を信じ続け、最後に祝福された）みたいに我慢強くならなければならない。今日も、そういうことになった。

　母さんはよい布地を見つけ、切り売りの1メートルがいくらするかを尋ねた。商売人は値段を言い、こんなに安いのはお客さんがうちのお得意さんだからだよ、と強調した。母さんは喜ぶ代わりに怒りだし、その値段の半分しか払わないよ、と言った。商売人はその布地をしまって、自分は一番よい布地を損をしてまで売るようなバカじゃないからな、と罵った。母さんが示した低い金額に対して、商売人は悪い布地を見せた。母さんは手を細かく動かしてその布地を確かめ、これもそんなに悪くはないけど、最初の布地がほしいわ、と言った。そして商売人に、最初より2、3ピアストルだけ多い金額を伝えた。商売人は驚いて叫び、うちの子どもたちを無慈悲に飢え死にさせる気かね、と非難したが、少しだけ最初の値段を下げた。無慈悲だと非難されて、傷つきやすい母さんなら涙を流すだろうと思ったけれど、母さんは笑って、彼の子どもたちに健康と幸せを祈り、さらに2、3ピアストル多い金額を伝えた。商売人は今回は穏やかに反応した。初めてここで買い物したときのことを思い出してほしい、と言ったのだ。もう30年前のことだが、自分はいまでも奥さんが青いワンピースを着ていたこと、とてもきれいに見えたことを覚えている。奥さんはうちの布地を何年も着てくれたよね、と商売人は言い、値段をいくらか下げた。こんなにほめられて目をうるませるかと思ったら、母は冷たい反応を示した。

　あのころはあんたも愛嬌（あいきょう）があったわよね、まだ貧しかったから、と母は言った。いまでは金持ちで、他の商売人を全部袖にしてお宅に買いに来ている客に対しても、全然譲ってくれないのね（もちろんそれは正しくない。母さんは別の店で同じ布地を試し、値段も尋ねたのだ！）。母さんはそれでも、2、3ピアストルを付け加えた。

　「何だって？そんなにちょっぴり？」商売人は怒ってがなり立てた。「こんな安い値段でこの布地を売ったと妻が聞いたら、離婚すると言い出すだろうな！」

　「それも悪くないかもね」、母さんは笑いながら言った。「奥さんはひょっとしたらもっと若くてハンサムな商売人に出会うかもしれない。

あんたは年をとりすぎて、けちん坊になった わ」。母はそう付け加えると、2、3ピアストル だけ多い値段を言った。

　商売人は笑い、これほど節約家で有能な奥さ んと結婚した父さんをほめたたえた。そしてあ らためて値段を下げたが、メッカへの巡礼旅行 にかけて、これが最後の値下げだと言った。

　母さんは、彼がメッカに行ったことがあるな んて知らないかのように振る舞った。「何で すって？　あんたも巡礼なの？　全然知らな かった。いつ行ったの？」

　すると商売人は、サウジアラビアへの困難な 旅行について語り、聖地で多くの信者たちと一 緒になった崇高な瞬間について語った。しか し、ぼくたちがクリスチャンだと知っていたの で、次の機会にはエルサレムに巡礼したい、と 述べた。エルサレムはイスラム教徒にとって、

メッカの次に聖なる町なんだ。

　母さんは立ち上がり、店を出ながら言った。 「あんたからは買わないわ。1メートルじゃなく て大きいのをひと巻き購入するつもりだったの に」。そして、またさっきよりも2、3ピアスト ルだけ多い金額を言った。商売人は、絶望のあ まり——少なくとも彼はそんな振りをしてい た——うめき声を上げて、母さんに布地を渡し た。さっきの誓いもどこへやら、こんなに安い 値段でこの布地を買ったことは誰にも言わない でくれ、と念を押すことだけは忘れなかった。 店を破滅させたくないんでね。

　ついに売り買いが成立したことを喜びなが ら、ぼくはひと巻きの布を抱え、母さんと一緒 に家に帰った。母さんは商売人の誠実さをほめ たが、ぼくには何のことやらさっぱりわからな かった。

神さまが祖母だったころ

　小さいころ、ぼくはよく祖父母のところに行った。何日も何週間も祖父母の家で過ごした。人が多くて狭苦しい両親の家を抜け出し、ティミアンの香りのするとても静かな祖父母の家にいるのは心地よかった。

　祖父とぼくはよく暖炉のそばに座った。祖父はたくさんお話を聞かせてくれたが、パチパチと弾ける火を見つめながら考え込むことがあり、しまいには考えながら眠ってしまうのだった。そんなとき、ぼくもちょっと眠ってしまうことがたびたびあった。目を覚ますと祖父もたいてい目を覚ましていて、困ったようなほほえみを浮かべ、乾いた小枝を束ねて暖炉に押し込みながら、「どこまで話したかな？」と尋ねるのだった。

　祖父は一日中、暖炉のそばに座っているようだった。そんな祖父の姿しか、記憶に残っていないのだ。外が暗くなると、ぼくたちはそのまま暗い部屋のなかに座っていた。やがて祖母が来て、壁を一度軽くたたき、明るくしてくれるのだった。ぼくが闇のなかで不安になると、祖父が慰めてくれた。「もうすぐおばあちゃんが来て、明かりをつけてくれるよ。おばあちゃんはそれがとても上手なんだ」祖父は大いに尊敬する口調で言った。祖父は夏であれ冬であれ、明かりをつけることはできなかった。

　夏、暑くなると、祖父は祖母に、風を起こしてくれないかと丁寧に頼んだ。祖母が壁をノックすると、天井につけた古いプロペラが大きな音を立てながら、まるで魔法みたいに爽やかなそよ風を送ってきた。祖父は目を閉じて、椅子の背にもたれた。「神さまみたいだなあ」。祖父は嬉しそうに呟き、眠り込んだ。ぼくは、風の強い朝に窓辺に立って、「外の光と風は誰が起こしているの」と祖父に尋ねたときのことを思い出した。「神さまだよ」というのが祖父の答えで、ぼくは神さまも祖母のような方なのだと確信した。

　のちにぼくは大学で、化学と物理学、数学を専攻した。でも、指が電気のスイッチに触れるたびによく祖母のことを思い、ほんの一瞬、あらゆる学問を呪ったりしたのだった。

秋の気分

雨の多い夏は、嫌いではない。子どものころ、太陽が照りつける日々はあまりにも暑すぎた。夏の雨のおかげであたりが爽やかになったことを、いまでも思い出す。天気がどんなに悪くても緑は豊かで、夏という季節は気まぐれな雲なんかよりずっと頑固に居座るものなのだ、と教えてくれた。

秋は緩慢さ、そして瞑想を求める。秋がもたらす繊細で多様な色彩は、弱くなった日の光以上に壊れやすい。だからぼくはヨーロッパで25年以上亡命生活を送っているのに、いまだにこのせわしない、冬に追い散らされるような秋に慣れることができない。ドイツでは、メランコリーは湿った冷たさに変わり、衣服を通して、そして呼吸を通して、体内にしみこんでく

る。それは悲しみに変わる。散歩は急ぎ足になり、視線は地面に向けられて、灰色のぬかるみのなかに沈む。

故郷では、秋がゆっくりと静かに歩み始めると、自然に対するとても美しくて深い感覚が、ぼくのなかに拡がっていったものだった。秋の見事な彩りを目の当たりにし、夏の思い出を胸に、近づいてくるきりきりした冬の寒さを意識しながら過ごすとき——そのすべてが、秋を最も豊かで密度の濃い季節に見せてくれる。だからこそ、ぼくはドイツに来てそんな秋を失ったことに痛みを感じるのだ。秋は健康や自由とも結びついている。秋を失って初めて、それがどれほど価値のあるものだったかに気づくのだ。

ジョーカー

「路地」という言葉はぼくにとって、いつまで経っても「遊ぶ」という言葉と分かちがたく結びついている。40年前に路地で遊んでいたころ、どの季節にも、その時期にしかやってはいけない遊びというものがあった。誰がそんなルールを決めたのか、特定の遊びの時期がいつ始まっていつ終わるのかは、子ども時代の謎のままだった。ビー玉遊びだけは、どの季節にやってもいいことになっていた。

地面に膝をついて、自分が持っている最後のビー玉でよその子の玉を狙っていたときのことを、覚えている。その日は何をやってもうまくいかなくて、ぼくの心臓は激しく鼓動していた。見物の子どもたちは険悪に黙り込んでいた。ぼくは必死でビー玉を弾いていた。遊びの奇妙なところは、それが大まじめに行われる点だ。ぼくの手は希望に突き動かされて魔法のようなことをやってのけ、ほとんど3メートルの距離をものともせず、相手のビー玉に命中させた。ぼくは一度に10個のビー玉を手に入れた。おかげでこの日は平穏のうちに終わった。

冬になって、ナッツやオリーブ、ナツメヤシの種を使った遊びの季節になった。ゲームに勝って手に入れたナッツは自分で食べていいことになっていたが、獲得したオリーブとナツメヤシの種は練炭工場に持っていくことになっていた。それらはよく燃える安い燃料であり、2、3ピアストルのお金に換えてもらうことができた。冬、ぼくたちはいつもより頻繁にカードゲームや隠れんぼをして遊び、春よりもたくさん、なぞなぞや手品をした。

イースターの前になると、ぼくたちはゆで卵で遊び、この遊びの時期はイースター後も3週間続いた。でもそれ以上続くことはない。というのもそのあとは杏の種の遊びが始まるからだ。この遊びはいいお金になるので大人気だった。高価な甘い種は砕いてマジパンのような塊に加工される。もっと小さくて苦い種からは油を搾るのだった。

やがて、家から持ち出したボールが空を飛び交うようになる。ぼくたちは冬のあいだに体内に溜め込んだエネルギーを使い切ろうと、まるで催眠術にかけられたようにボールを追いかけた。サッカーとバスケットボールはみんなが一番好きな遊びだった。ぼくの故郷の子どもたちは、きっといまでもボールで遊んでいるだろう。いまではもっといいボールを使っているかもしれないし、ルールだってぼくたちよりよく知っているかもしれない。でも、ぼくたちが子どものころ、どんなチームスポーツにも欠かせなかった「ジョーカー」というルールのことは、知らないに違いない。

ジョーカーというのは、スポーツをするにはまだ小さすぎるけれど、それでも一緒にやりたいと思っている子どもたちのことだった。彼らは運動場に入り、チームのメンバーと一緒に、あるいは相手のチームと一緒に、熱心に走ったりあちこちにボールを投げたりし、笑い、精一杯身を投げ出した。どちらのチームにも属さないため、いつでも受け入れられ、親切にされたが、ゴールを決めても点が入ることはなかった。それでも一緒に遊び、ラインを変更し、一緒に遊んでいるんだ、みんなジョーカーといるのが楽しいんだ、と信じて満足そうに笑ってい

た。

　6月末に学校が休みになり、道路が乾くと、ぼくたちは石ころを使って遊んだ。ビー玉と同じくらいさまざまな遊び方があり、持久力やコントロール、高さや距離を測る繊細な感覚が要求された。

　どんなゲームのときにも、ごまかしやイカサマがあった。十字架上では奇跡を起こそうとしなかったイエスでさえ、ゲームをする際には誘惑に勝てなかった、という冗談があるほどだ。路地で遊ぶ子どもたちの話によると、ある日イエスは天国でマホメットとバックギャモン（注：西洋すごろく）をしていた。イエスがライバルに対してほとんど敗北しかけていて、最後のサイコロがたとえ6のゾロ目だったとしてももう勝ち目はないとわかったとき、マホメットはあざけって言った。「もう諦めたらどうだ！　サイコロを投げたって無駄さ！」しかし、イエスが投げやりな感じでほほえみながらサイコロを投げたとき、マホメットの大笑いは凍りついた。7のゾロ目だ！　マホメットは怒りを爆発させた。「いいか、よく聞けよ。これは奇跡じゃなくてイカサマだ！」と彼は怒鳴ったそうだ。

磔刑
<ruby>磔刑<rt>たっけい</rt></ruby>

ミハイル神父は、ぼくたちのところに来た最初の瞬間から、すっかり眠り込んだようなこの地区のカトリック信徒たちの目を覚まさせようと躍起になっていた。中東のクリスチャンたちはこれまでもけっして熱心というわけではなかったし、ぼくたちの地区の信徒はその点において確信犯だった。ここの信徒たちは、他の国のクリスチャンが宗教の教科書でしか知らないような聖遺物に囲まれて生活し、慣れっこになっていたのだ。

しかし、若くて熱心な神父はそんな理由に納得しなかった。「イスラム教の大海のなかでキリスト教の島が生き延びるためには、押し寄せてくる波よりも上に体を持ち上げるしかない」。最初のミサのとき、神父は説教壇からぼくたちに警告した。

神父はふたつの聖歌隊を組織した。クリスチャンのボーイスカウトの建物を修理させた。ボーイスカウトの会計を担当する老人は大忙しになった。72人もの新しいメンバーが、できれば今日中に入団し、正しい道を見つけようというのだった。

風車と流れる小川を備えたクリスマスの馬小屋は人気アトラクションとなり、ユダヤ人やイスラム教徒までが教会にやってきて、完璧な技術による珍しい作品に感嘆の声をあげた。8月15日の聖マリア被昇天祭のパレードは、本物のセンセーションを巻き起こした。翌日には、ダマスカスに当時存在したあらゆる新聞が、とりあえず第一面でこのことを報じていた。

ただ、イースターの芝居だけはあまりうまくいかなかった。ローマの兵隊役の人々があまりにも<ruby>垢抜<rt>あかぬ</rt></ruby>けなかった。靴屋のアブドーは彼らのことをアパッチ族だと思って、大声で「もうすぐジョン・ウェインが来るぞ」と叫んだ。みんなが笑った。

そしてニコラは、イエスを演じるにはあまりに不向きだった。でもボーイスカウトの会計担当である彼の父親が、どうしてもニコラをイエスにさせたがったのだ。14歳のニコラは太っちょで、100匹のバッタより食いしん坊だった。いつも何かをくちゃくちゃ<ruby>噛<rt>か</rt></ruby>んでいた。イエスを演じたその日もそうだった。ニコラは教会から、軽い十字架を肩に担ぎ、右手に巨大なキュウリを持って現れた。信徒会館に集まったクリスチャンたちは、こんなふうに口をもぐもぐさせている役者を見て、イエスの苦しみに思いを<ruby>馳<rt>は</rt></ruby>せることができなかった。笑う人もいれば、驚いて目を白黒させる人もいた。ローマの兵隊が十字架に釘を打ち込もうとしたとき、ニコラがげっぷをした。彼の体は腹の前につけた留め金で、うまく十字架に固定された。彼は両足を支えの台の上に載せ、両手で大きな釘につかまることになっていた。ライトの光が弱まった。芝居のクライマックスが訪れた。十字架が立てられ、キリストはゆっくりと頭を左肩の方に倒した。この場面は1分以内ということになっており、それから幕が下りるはずだった。しかし、そうはならなかった。兵士たちが十字架を立てようとしたとき、安物の薄い材木が、中央で折れてしまったのだ。ニコラは死ぬほど驚き、兵士たちの母親を呪うと、舞台から走り去った。観客は腹を抱えて笑った。ただひとりだけが、怒りで灰色になり、石のようにその場に立ち尽

くしていた。ミハイル神父だ。

　翌年にはすべてが変わっていた。今回は、洗濯屋のハンナの息子で12歳のジャミルがイエスを演じた。ジャミルは背が高くて痩せており、とてもハンサムだった。完璧なメイクをして、去年よりは少し重くなった十字架を担いで教会から出てくると、群衆のなかを通って信徒会館の舞台へと歩いてきた。いつもは大騒ぎする信徒たちも、そのときは重い静寂に包まれた。あちこちで女たちがすすり泣くのが聞こえ、立ち見席の男たちもこっそりと涙を拭った。

　ジャミルの演技は本当にすばらしかった。ふたりの女性が白いヴェールでジャミルの顔を拭おうとしたとき、ミハイル神父がうなり声を上げて彼女たちを押しとどめた。神父は正確な足取りで、香煙の出る器を振りながら十字架の前を歩いた。とても満足げな様子だった。

　女や子どもたちが大声で泣きながら、ジャミルの受難の道についていく様子は感動的だった。肉屋のイスカンダルは男のなかでただひとり、人目もはばからず子どものように泣いていて、苦しんでいるキリストの肩から十字架を

こっそり持ち上げてやろうと試みていた。「主よ、わたしたちはあなたの苦しみにふさわしくありません」と、イスカンダルは悲しみに打ちひしがれて叫んだが、その言葉は隣人たちをひどくびっくりさせた。彼は容赦ない乱暴者として知られていたからだ。

　ジャミルは舞台の中央に歩いていった。そこでは寄付金のおかげで去年よりもましな格好をしたローマの兵隊の一団が、彼を待ちかまえていた。彼らがジャミルを十字架に縛りつけ、ジャミルはかすれた声で叫んだ。「父よ、天の父よ、彼らをお許し下さい。彼らは自分たちが何をしているか知らないのです」

　広間には涙にむせぶすすり泣きの波が起こった。言葉を発したのはひとりだけだった。イスカンダルだ。「あわれな犬ども、自分のやってることがわからないのか！」そう叫ぶと、イスカンダルは舞台の上に飛び上がった。役者たちを殴りつけながらジャミルのところに駆けつけ、彼を肩の上に担ぐと、そのまま広間から駆け出していった。

子どもの裁判官

水も空気もよく晴天が多いというので、G島は19世紀からすでに評判になっていた。漁師の島だったG島は、そういうわけで肺病や皮膚病の患者たちの保養地となり、沖まで浅瀬が続く遠浅の海岸のおかげで休暇中の子どもたちの天国ともなった。冬には6千人足らずの住民と、海を愛する頑固者が数人住んでいるだけのこの島が、夏は7万人もの人で膨れあがるのだった。

長いあいだ、ぼんやりした国家当局の役人たちも、島のことにはめったに口出ししなかった。南国らしい落ち着きで、ふたりの太った警察官がカフェからカフェへと歩き回り、ためらうことなく誰にでもおごってもらっていた。

しかし、時とともに国内だけでなく、外国からも観光客が島の魅力に引き寄せられるようになり、浜辺の生活は以前よりも神経質なものになった。というのも、音の大きさや親切さ、隣人づきあいや客のもてなしに関して、文化が違えば価値観も異なるからだ。観光客からもっと金を巻き上げようと、浜辺はぎっしりとパラソルで覆われるようになり、そのためにしばしば衝突も起きた。どこかの家族の足やおもちゃが、隣のパラソルの下にあるなんてことは珍しくなかった。子どもたちの喧嘩が起こるのも当然だった。浜辺は次第に争いや取っ組み合いの場所になってしまい、人の神経を落ち着かせるはずの海水のヨード分にも、もはや効果はないようだった。年配の観光客が逃げ出すだけでなく、図々しいカモメでさえ飛び去ってしまうほどひどい日もあった。港湾局は浜辺の監視員たちから、激しく喧嘩する子どもたちのことを聞かされた。そして早速、浜辺を往き来して子ど

もの喧嘩を仲裁する裁判官（カーディ）を立てることを考え出した。子どもの裁判官はすぐに見つかった。失業中の教育学の教授だ。

彼が歩き回っていないときには、パラソルの下で見つけることができた。それは特別大きくて背の高いパラソルで、赤い旗がついており、遠くからでもよく見分けられた。

裁判官は12か国語を流ちょうに繰り、子どもたちの言葉も20か国語で理解できた。

そして実際、浜辺はまた落ち着きを取り戻し、ほとんど天国と言えるほどになった。まもなく子どもたちは、喧嘩が起こりそうになったところですぐに裁判官のところへ行くことを学んだ。裁判官は全力で、裁いたり警告したり、脅したり誘ったり、なだめたり慰めたりした。ときには歌を歌ってやり、ときには喧嘩している子たちと一緒に踊った。

最初にひとりの掃除婦が、裁判官の様子がおかしいことに気がついた。掃除婦は当局の誰かに、裁判官の頭が心配だと話した。デスクに向かっている役人の女性は、それを聞いて警笛を鳴らす代わりに、それは教育や心理学に関わることがらで、掃除婦のあなたには理解できないのだ、と言った。あなたはもっとトイレに目を向けるべきです。観光客が、トイレが臭いと文句を言ってましたよ。

掃除婦は怒ってオフィスをあとにした。外に出ると大きく息をつき、わめき立てた。「傲慢なガチョウ女。あの裁判官は、子どもがひとりもいないときでも踊ってるのよ。それが心理学だって言うの？」

子どもたちは、狂人をかぎつける特別なアン

テナを持っている。猟犬がウサギやキジを見つけ出すように、狂人を感知するのだ。

しかし、子どもたちがある日、裁判官の後ろから駆け寄っていろんなものを投げつけたときでさえ——裁判官は歓声をあげながらそれを投げ返していた——人々はそれを、現代の教育学における新しい方法だと見なした。

そして、裁判官が何人かの子どもたちを、彼らの振る舞いへのご褒美として風変わりな髪型に変えてしまったときも、多くの人たちは何も考えなかった。何よりも、男の子も女の子もその変な髪型で大喜びしていたからだ。裁判官が

ボクシングのリングを作って子どもたちに戦いを挑み、それに応えた何人かが目を腫らし青痣（あおあざ）を作って両親のもとに戻ってきたときに、当局の人々はようやく、教授には治療が必要だと悟った。

それ以来、G島の子どもたちは自分たちだけで遊び、喧嘩し、仲直りしている。裁判官の話を知っている大人たちは、子どもが好きなように子ども時代を生きられるようにしてやった。そして、子どもの裁判官のことを聞いたことがない人には、このお話を聞かせてやるのだった。

人生の道

ぼくの子ども時代、秘密や冒険でいっぱいの路地は、子どもたちのものだった。路地は、事情通の人にだけ真珠を与えてくれる、閉じた貝殻のようだった。いまでは路地にはもう秘密はないし、大人たちが道路を没収し、まっすぐにし、拡張して、魔法を破壊してしまった。風雨にさらされた貝殻のように色褪せ、形をなくして道路は横たわっている。口を開け、空っぽのままで。

子ども時代のぼくたちは、おそらく現代の少年少女たちほどお腹いっぱいではなかったし、甘やかされてもおらず、あらゆる害悪から守られてもいなかった。ぼくたちは子ども時代の終わりをできる限り引き延ばした。しかし、今日の世界は子どもをどうやったら一番早く大人にさせられるかという計画でいっぱいだ。子ども時代というのはある特定の時期のことではなくなり、他の多くの動物と同じく、次第に死に絶えていく生き物のようになってしまった。世界の子どもたちは、もはや民族に属さない。子どもたち自身が地球の上に散らばった民族であり、大人という民族に服従し、勝者が出す条件の下で生きている。ドイツの町々を歩き、遊園地を見るたびに、ぼくはそのことを考えずにはいられない。そこは保護区なのだ。ぼくたちは、実がなったり棘や花がある本物の樹木を持っていたはずだ。ところが遊園地には死んだ木や合成物質、コンクリートや鉄鋼などからなる奇妙な構造物しかない。ぼくの子ども時代、ダマスカスには1か所も遊園地がなかった。町全体が、ぼくらの大きな冒険遊園地だったのだ。

路地はぼくらにすべてを与えてくれた。悲しみ、喜び、痛み、戦争、平和、友情、敵意、そしてそれ以上のものも。ないものはひとつだけ、退屈だ。退屈はあらゆる悪事の源だ。ぼくたちは絶えず変わった、まさしく道のように――どんな木も、どんな裏庭も、どんな隠れ場所も、長い年月のあいだ同じではありえなかった。でもこれらすべてが、その魔術を失うことはけっしてなかった。なぜなら魔術は常に更新されたから、もしくはぼくたちがその魔術をいつも別のやり方で体験したから。

いたるところで大きな危険がぼくたちを待ち受けていた。ぼくの守護天使は心臓発作でいつのまにか死んでしまったんじゃないかと、ぼくはときおり考えている。路地には厳しい仲間内のルールがあり、それがぼくの先生でもあった。両親の教育は2番手だった。年下や年上の子どもたちのなかで、ぼくは責任を引き受けることや、自由の限界や、付き合いの基本的なルールを互いに尊重すべきことなどを学んだ。そして、ぼくはたくさんの精神的・社会的技術を身につけていった。議論のなかで、争いを仲裁するなかで、歌ったり朗読したりお話を作ったりするなかで、数字や名前や場所を言い当てるなかで、カードゲームのなかで、手品のなかで、そしてとりわけお話を聞かせるなかで。だが、路上で世間的な熟練へと導かれたのはぼくたちの精神だけではなく、とりわけ身体であった。戦い、よじ登り、ビー玉ゲームの上を跳び越えながらとんぼ返りをし、矢を射、たこを揚げることから、鬼ごっこや抱擁に至るまで。ぼくたちはそこで言葉を学び、喜びと痛みを知った。

アラム語とアラビア語のほかに、ぼくは学校でフランス語と英語を習った。だが路上では友人のナーダーが秘密の言語を教えてくれた。ぼくたちはすぐにそれを見事に操れるようになり、その言葉は誰にもわからなかった。なんて幸せな気分だったろう！　大人たちが世界のどんな言葉でもわかるという振りをすると、ぼくたちは秘密の言語で意志を通じ合い、大人たちはただ混乱した様子でそれを見つめて困惑するだけだった。そんなときに、ぼくは他の惑星から来た宇宙飛行士のような気分になった。ときには盗賊や王さまにもなり、詩人や消防士や船乗りや荒野を移動する騎手、愛される英雄や絶望した敗北者にもなった。ぼくの両親だけが、ぼくを「おちびちゃん」と呼んだ。両親はぼくの空想のことなど何ひとつ知らなかったのだ。それらの空想は、ぼくにとっては現実よりもずっと本物らしかったのだけれど。

人間

昔々、ふたりの賢い僧侶がいた。彼らは隣り合った山で、引きこもって暮らしていた。隠者にありがちの、殺伐として貧しい生活だった。年に一度、一方が他方を訪問し、一緒になって日がな一日、罪を犯した。彼らの罪は基本的に無害なものだった。魂を傷つけるわけではなくて、ただその日は思いっきり食べ、ワインをがぶ飲みし、下品な歌を歌って悪口をたっぷり言い合ったのだ。年に一度だけ、自分たちが普段は避けていることがらを、思い出のなかに甦らせたかったのだった。ひょっとしたら、神さまに向かって、残りの364日はあなたのことをずっと愛しているんですよ、と見せつけるためだったのかもしれない。いずれにしても、ふたりはある日、人間の魂はもともと悪なのか善なのかについて、言い争いをした。

喧嘩をするのは初めてではなかった。言い争いは長く続き、荒涼としたこの土地に人間が来ることはめったになかったので、ふたりは世の中に出ていって、人間が善なのか悪なのか確かめることにした。そして来年、この時期にこの場所で再会しよう、と約束した。

僧侶たちは二手に分かれた。人間を善と見なす僧侶は東へ行き、人類愛について説教した。しかし人々は彼に唾を吐きかけ、牢獄に投げ込んだ。僧侶はそこで、大変な苦しみを味わった。しかし、彼は胸の底で人間を愛していたので、諦めることはなかった。釈放されるやいなや、彼はふたたび愛と率直さについて説教し始め、ふたたび嘲笑され、平手打ちを食らった。3回の逮捕の後、彼は精神病院に入れられ、そこで半年近く、苦しんで過ごすことになった。約束の期日の1週間前に退院できたのを彼は喜び、山へと急いだ。

ふたりの僧侶が再会をどれほど喜んだか、言葉では説明できないほどだった。人間を邪悪な2本足の獣と見なしていた僧侶の方は、元気いっぱいだった。大きな袋を開けてワインを取り出し、陰干しにしたハムと大きなチーズの塊をテーブルに置いた。別の袋からはふたつの立派なパン、トマト、キュウリが出てきた。「きみの言ったとおりだ」とその僧侶は話し始めた。一方、友人であるもうひとりの僧侶は空腹に打ちのめされそうで、チーズとハムの大きな塊を口のなかに詰め込んでいた。「人間をあれほど邪悪と見なしていたなんて、ぼくは恥じ入るばかりだ。きみと別れてから、ぼくは西へと急いだ。たくさんの国を歩き回って、人々が自分たちの真に邪悪な顔を見せるように、人間を罵り続けた。ところがぼくはいつも温かく迎えられるか、不安そうに避けられるかのどちらかだった。ある日、ぼくはある町の門を通って入り、通行人に向かってわめき立てた。『犯罪者、役立たず、みじめな犬たち！』平手打ちされたり蹴られたりする代わりに、歓声が沸き起こった。『ようやく、遠慮会釈なく真実を語ってくれる人が現れた』と彼らは応え、ぼくを王さまのところへ連れていったんだ。

『偉大な預言者よ、余をどう思うか？』王さまはぼくに尋ねた。

『あなたは1頭のロバのようなものです！』ぼくは言った。その町の人たちがロバを崇拝しているということを、ぼくは知らなかったんだ。

『まことか？』王は感動して尋ねた。

『まことにあなたはロバ、そしてロバの息子です！』王から極限の怒りを引き出したくて、ぼくは叫んだ。

『なんということだ！　この者に黄金をとらせよ！』王は叫んだ。『そして、余の幸運はどこにある？』王は期待に満ちてぼくに尋ねた。

『世界の尻に！』ぼくは答えた。この国の僻地に、そういう名前の場所があるとは知らなかったんだ。そこで王さまは家来をその土地に送り、幸運を求めて土を掘らせた。すると、たくさんの黄金や宝石が見つかったんだ。ぼくは

人々の手で担がれるようになった。でもぼくの心は山にある。そして、きみが正しかったと言うために戻ってきたんだ」

「わたしが正しかったって？」もう一方の僧侶は驚愕し、勢いよくワインを飲み込んだ。「人間はこの世で一番邪悪で、呪われた恩知らずの生き物だ」と彼は罵った。僧侶たちの意見は、またもや一致しなかった。しかしふたりは一緒に日がな一日罪を犯し、来年また会えるという期待とともに別れたのだった。

サンタクロースの最後の言葉

　老サンタにとって、ことは簡単ではなかった。3週間のあいだ、夜のあいだにうまく前列から後列への移動をやってのけた。他のサンタたちは死んだような目でそれを見つめていた。

　「どうやってやってるんだ？」ときおり、若いサンタが羨ましそうに尋ねたが、答えを見つける前にもうパン屋のおかみさんの手がそいつをつかんで紙袋に入れ、運命に委ねてしまうのだった。

　「鼻の曲がったニコラウス」。老ニコラウスは自分と同じサンタクロースの似姿が並ぶ棚の上で、そう呼ばれていた。自分の鼻は曲がっていない、と彼にはわかっていたが、銀紙のシワのせいでそう見えてしまうのだ。

　棚板が先方で壁の方に傾いていることを発見したことで、老サンタの命は救われた。ほかのサンタたちもとっくにそれに気づいてもよさそうなのに、と彼は不思議に思った。それとも、そんなことをしたらどうなるか、結果を恐れているのだろうか？　棚板の秘密を知っていることで、自分が他のサンタよりも偉くなったような気がした。もちろん老サンタだって他の300万人のサンタたちと寸分違わないのだけれど。彼らは待降節やクリスマスの時期を甘いものにするために、夏の終わりごろにチョコレート工場のベルトコンベヤーの上を流れて出荷されたのだった。でも老サンタは他のサンタと違って、このパン屋に居続けたいと思っていた。

　棚板の前方は、壁に取りつけられた後方よりも、少なくとも2センチは高くなっていた。老サンタがそれに気づいたのは、まったくの偶然だった。ある日、老サンタは棚の1列目に並んでいて、いつ手に取られてもおかしくなかった。しかし、誰かの手がチョコレートのサンタが並んでいる棚にぶつかるたびに、老サンタは少しずつ後ろに滑っていき、やがてこうやって滑るのは自然の法則なのだと悟った。老サンタはこの発見を誰にも告げず、夜になるのを待っていた。閉店後に、偉大な瞬間が訪れた。老サンタが自分で勢いをつけ、体を前後に揺すると、棚の傾きでひとりでに滑り出した。息もつかずに隙間を下り、ひとりのサンタを激しく突き飛ばし、壁のところで止まった。「うまくいった」、老サンタはほっとして呟いた。

　店員のひとりがたえず棚を整理し、古いチョコレートを前に押し出した。しかし老サンタは毎晩全力をふるい、じっと並んでいる同僚たちのあいだを正確に滑り抜け、救いの壁に到達していた。なぜ朝になるとしばしばチョコレートの列が乱れているのか、誰にも説明できなかった。鼻の曲がったサンタだけがその理由を知っていて、静かに笑っていた。

　ところがクリスマスが近づくにつれて、列にはどんどん隙間ができていった。老サンタは心配になってきた。パン屋のおかみさんは、彼の前に防壁となって並んでくれるような新しいサンタを、もう注文しなくなったからだ。

　そこで老サンタは2番目の発見をした。氷のような寒さのせいで、パン屋は店のなかにもっと暖房をきかせるようになったのだ。暖かさというものを知らなかった老サンタは、少し前までは冷たかった金属の管の隣にいたのだが、外から何かが伝わってきて、自分の内側が心地よく柔らかになっていく新しい感覚に驚いてい

た。老サンタは自分の腹を引っ込めたり膨らませたりできるようになった。そして夜、残ったサンタたちの前に店員が色とりどりの紙に包まれたチョコレートボールを置いたとき、老サンタには自分の命を救う新しいアイデアが浮かんだ。閉店後、彼はゆっくりとボールに変身していったのだ。

　「あいつは何をやってるんだ?」銀紙に包まれた3体のサンタのひとりが、店が完全に暗くなる前に尋ねた。しかし、答える者はいなかった。翌朝、その3体のサンタは取り出され、カウンターの前にある「特売品コーナー」のかごに入れられた。値引きされたサンタたちはすぐに買われて、紙袋のなかでかさこそ音を立てた。でも老サンタは誰にも見つけられなかった。周りにあるチョコレートのボールと同じくらい丸くなっていたからだ。しかし、ちょっと時間が経つと、棚はまたほとんど空っぽになった。

　その棚がまた丸いものでいっぱいになったとき、老サンタはどんなにほっとしたことだろう。彼は長いこと丸いものを観察して、その夜のうちにもう、注意深くしかし決然と、棚の上の新しい商品に自分を似せようとした。彼はゆっくりと、新しい隣人たちが2本の長く尖った耳を持つ動物であることに気づいた。彼の試みは骨が折れるもので、頭を暖かい管につけて、銀紙を破らないように注意深く耳を押し出していくのは、とんでもなく大変だった。変身を成し遂げたときには、もう朝が来ていた。疲れ切って、老サンタは管から2、3センチ離れた。そのときに1匹のイースターのウサギが棚から落ち、壊れてしまった。疲れ切った老サンタがうたた寝しようとしたまさにそのとき、誰かがぎゅっと彼の体をつかんだ。大きな紙袋に入れられ、自分の横に7羽のイースターウサギがいるのを驚いて見つめた。

　「運が悪いときには、長い耳でさえ役に立たないんだな」と、老サンタは絶望して叫んだ。

サイードの自転車

　隣人のサイードは、キリスト教地区で一番の
けちん坊だった。もう子どものころから、賢い
人だけでなく愚かな人たちまでが、こいつは将
来大した商売人になるぞ、と予言していた。サ
イードはたしかに商売人になったが、大した人
物にはならなかった。というのも、けちん坊な
性格は、ある観点において「商売の妨げになる
もの」だからだ。そして、オリエントの黄金の
原則——10番目のピアストルを得るために、9
ピアストルで相手にご馳走しなさい——は、彼
にとっては罪の根本原因でしかなかった。サ
イードは誰にも何もご馳走しなかった。そのせ
いで、小物にしかなれなかった。

　サイードはぼくより1歳上で、よく一緒に近
所で遊んだものだった。だが彼は、ぼくたちの
ビー玉や足踏みスクーター、自転車でしか遊ぼ
うとしなかった。工場から届いたばかりのよう
に新しい自分のおもちゃを、くりかえし見せび
らかしはするのだが、それからまたどこかにし
まいこみ——最初の包装を開けない状態である
ことも珍しくなかった——買ったときよりも高
い値段で売り払うのだった。

　もしも針金やボールや電球などを見つけて自
分で使わない場合には、ぼくたちはそれをも
らって喜んでくれる人が見つかるまで、子ども
たちやその両親に尋ねて回ったものだった。で
も、サイードにだけは尋ねなかった！

　もしサイードが何か使わないものを見つけ
て、それを古物商人のところに持っていくとす
る。もし古物商人が首を横に振ると、サイード
は見つけたものを、もう誰も使えないように壊

してしまうのだった。そして念のために、どこ
かの廃屋か人気のない庭園にそれを投げ込み、
時が経って朽ちていくまで誰も見つけられない
ようにする。サイードは得意になってそうして
おり、あちこち訊いてまわるぼくたちをいつも
バカにして、大口を開けて笑っていた。

　ある日、彼は鉄の歯車を見つけた——小さく
て錆びついており、みっともない代物だった。
古物商はそれをくず鉄としてさえ買い取ってく
れなかったが、サイードは自宅にごみを持って
帰ることも禁じられていた。彼は父親のハン
マーを持ち出して、頑丈な歯車を叩いてみた。
だが長く叩くことはできなかった！　3回叩い
たところで、ハンマーの持ち手が取れてしまっ
たのだ。父親からひどく罰せられると思って腹
を立てたサイードは、歯車を罵って、崩れかけ
た教会を囲む壁越しに高く放り投げ、走り去っ
た。ぼくたちが立ち止まって彼を見送っている
と、壁の向こう側から叫び声が聞こえた。サ
イードはまだ5歩くらいしか離れていなかった
が、どうやら何も聞こえなかったようだ。彼は
振り向くこともなかった。

　まもなく、長いあいだ閉め切られていた門が
開いた。教区の司祭が道に出てきたが、品のい
い男性を支えていた。「大急ぎでマラス先生を
呼んできてくれ！」

　品のいい男性は、司教の依頼で敷地を検分し
ている建築家だとわかった。歯車がすごい勢い
でぶつかったせいで、頭から血を流していた。

　まもなく警察官もやってきて、歯車を手にサ
イードの家に行き、ドアをノックしたのだった。

のろまのサディクと、すばやい評判

子どものころのぼくに何か目立つところがあるとすれば、それはのろまなところだった。何をやってものろまだった。母はいつも、あんたは食事の時に1粒1粒のお米に別れを告げているのね、と言った。ぼくがふたくち食べるあいだに、家族はもう食事を終えてしまうのだ。話すときにも、ぼくはとんでもないのろまだった。ぼくはじっくり考える子どもだったし、文の途中で間が開いてもぜんぜん悪いとは思わなかった。あるとき女友だちに感心してもらおうとして、「ぼくはひとつの山から別の山に飛び移ることもできるよ」と言った。彼女はぎょっとしたように目を見開いた。「嘘つき!」と彼女が叫んで走り去った。ぼくが、「もし鳥だったらね」と付け加える前に。

まもなく、ぼくが途中まで言いかけたいろいろな言葉が、路地で評判を呼ぶようになった。それらを最後まで言い終えていたら、まったく害のない言葉であったはずなのだが。でも、途中までの文章というのは、これまでで一番ひどい嘘のように聞こえるのだった。たとえば「ぼくは3日間、水中で生活できる」という発言を聞いて、人々はどう思うだろう。ぼくが間をとってから付け加えた「もし魚だったらね」というのを聞かなかった場合の話だが。

老いも若きも、あらゆる隣人や友人や親戚、同級生たちが、ぼくがある問いに対してただ首を振るだけでも、「こいつは嘘を言ってるぞ」と最初から思い込んでいた。ぼくが口を開けようものなら、嘘を言うのはもう歴然としていた。それ以来、ぼくは「嘘つきのサディク」と呼ばれるようになった。

路地の人間にひとたび噂が取り憑いてしまうと、もうそれを変えることはできないのだった。たくさんの人間が、自分に押された烙印を生きているあいだに剝がそうと、必死に努力を重ねた。苦労し、汗を流し、自分の悪い評判と闘ったのだ。たとえば隣人のフアドは、あるとき、ちょっとした誤解のせいで「どケチ野郎」と呼ばれるようになってしまい、この評判を覆すために、他に例を見ないほどの気前のよさを何年間も発揮したのだった。客をもてなしすぎて、もう少しで破産するところだった。フアドは死の床で、自分が死んだら人々がこの気前のよさを思い出してくれるように、そして自分を守銭奴という憎むべき評判から解放してくれるように、と願っていた。自分の死が近づいたのを感じて、最後に重要な言葉を残そうと深呼吸した。「節約なんてよけいなことだ!」と言いたかったのだろう。しかし、「節約」と言ったあとで彼は死んでしまった。「あのどケチ野郎ときたら!」大勢が声をあげた。「死の床でさえ、節約しようとしたんだからな!」

祖父の塩

　初めて海を見たとき、ぼくは10歳だった。救世主修道院の下の岩に座って、何時間もうっとりと海を眺めたものだ。ぼくはその前日、ここにやってきた。父がぼくを司祭にしたがったからだ。ぼくは高いところから、波の戯れを眺めていた。1週間後、修道院の図書室で、地中海の写真集を見つけた。

　大きなサイズの写真はどれも輝くような色彩で、水中の風景、海の生き物、難破船や海中に沈んだ壺などを写していた。でもぼくがとりわけ夢中になったのは、秘密めいた海の青だった。

　自由時間があれば、ぼくはいつも海辺で遊んだ。やがて泳ぎを覚えたが、水の塩辛さに驚き、ぎょっとした。

　夏休み、ぼくはダマスカスに帰省した。そしていつもの年と同じように、両親はぼくたちを連れ、大都市の暑さを避けて山のなかにある故郷の村、マルーラに出かけていった。

　ある日の午後遅く、ぼくは祖父と一緒にテラスに座っていた。祖父は日没の直前に、カルダモンですばらしい香りを付けたコーヒーを、大きなポットひとつ分飲むことにしていた。ぼくは祖父のことを、とても善良な人だからというだけでなく、きわめてウィットに富んだ人物として愛していた。

　「海のことを話してよ、おじいちゃん」。ぼくは頼んだ。

　祖父はほほえんだ。「話せることはあまり多くないな。できればおばあちゃんに訊きなさい。おばあちゃんは北部のラタキアという港町の出身だからね」。しかし、祖母は3週間の予定で海辺の親戚の家に滞在中で、帰ってきたとし

てもそのあとは、ぼくがすぐ修道院に戻らなくてはいけないのだった。ぼくがそのことで文句を言うと、祖父はわかったというようにうなずき、勢いよくコーヒーを飲み込んだ。「海というのは」とささやいてから、祖父は長い沈黙を続けた。「海というのは、こういうものだ」。しばらくして、祖父は言葉を継いだ。そして立ち上がると、「あの山の向こうに地中海がある」と言った。それからまた腰を下ろしたが、いまでは祖父の目は200キロ先の水面に向けられていた。

　「地中海については、小さな話しかできないな。40年前、わしは第一次世界大戦を避けてアメリカに移住しようとしたんだ。だが、海を目にして、このものすごい水の広がりを越えたところにさらに大きな大海があって、アメリカに到達するためにはそれを越えなければいけないと聞いたとき、港にとどまることにしたんだ。居酒屋を借りて営業した。毎晩毎晩、水夫や密輸業者や冒険家たちのほら話を聞かされたものさ。ある日、ひとりのイギリス人がたくさんの報酬を約束して、わしを誘おうとした。自分と一緒にキプロスへ行き、アラビアのロレンスのために金と武器をベイルートに密輸しよう、というのだ。わしはイギリス人のおんぼろボートに乗り込んだ。わしは泳げず、海は荒れていた……」

　祖父はぼくにとても長い話を聞かせて、あまりに興奮したのでときおり声がかすれるほどだった。祖父はもう一度、この冒険をしたそうだが、そのときにはほとんど溺れそうになった。1頭のイルカが岸まで運んでくれなかった

ら、きっと死んでいただろう……。
　「それ以来、海について話すたびに、わしの皮膚から塩が出てくるのだ」と祖父は話を結び、皺の寄った茶色い腕を、ほほえみながらこちらに突き出した。「試してごらん」
　ぼくは慎重に舐めてみた。祖父の腕は救世主修道院の下にある海の水と同じくらい、塩辛かった。

恥ずかしがり屋

「恥ずかしがり屋」が空中、地上、水中のどこに属する生き物だったのか、ぼくにはわからない。嘘じゃないよ？　祖父はぼくに、答えを教えてくれなかった。ともかく、その動物は何世紀ものあいだ、他の動物に気づかれずに暮らしていた。いつも隠れていたからだ。

最初は雌も雄も同じくらい恥ずかしがり屋だったが、雌はいつも自分より恥ずかしがる雄に惹かれるようになり、ついには一番恥ずかしがり屋の雄を選ぶようになってしまった。こうやって淘汰が起こった——鳥の場合に雄たちがどんどんカラフルになり、ライオンなら獰猛に、水牛なら力持ちになるように。雌たちがそうさせるのだ。世代から世代へと、「恥ずかしがり屋」たちの子孫はどんどん恥ずかしがり屋になり、どうしてもやむを得ない場合には夜ちょっと姿を現して、それからまたどこかに消えるようになった。そんなわけでこの動物の数はどんどん少なくなっていった。雌と雄がめったに出会わなかったためだ。最後の子孫は、この世に出てくるにはあまりに恥ずかしがり屋だったため、母親の胎内にとどまり続けたと言われている。

ギブラン叔父さんが動物として生まれていたら、きっと「恥ずかしがり屋」になっていただろう。

叔父さんは日曜日ごとにぼくたちを訪ねてきた。ひとりで来たわけではない。奥さんのローザもついてきた。母さんが言うには、弟のギブランはそもそもローザがいないとどこへも行けない、という話だった。いつもローザの後ろにくっついて歩いていた。ローザ叔母さんはぼく

たちの家の居間に入ると、小さな声で「ギブラン、そこに座りなさい！」と言うのだった。ギブラン叔父さんはときには3時間、あるときなど6時間も、ソファに座っていた。ローザ叔母さんとぼくの母が、あらゆる愚痴を語り尽くし、親戚全員についての噂話をしてしまうまで。

ギブラン叔父さんは黙ってコーヒーやレモネードやお茶を飲み、訪問の際にはいつもビスケットを1枚だけ皿からとり、慎重にそれを食べるのだった。

ローザ叔母さんは言葉が見つからなくなるまでしゃべりにしゃべった。それからギブラン叔父さんの方に向き直り、「ギブラン、もう遅いわ。お姉さんのご迷惑になるだけよ！　もう行きましょう！」と言うのだった。

するとギブラン叔父さんは小さな声で「うん」と言い、立ち上がってローザ叔母さんのあとについて出ていった。

叔父さんはかなり背の高い人だった。ドアが低すぎるのを恐れるかのように、いつもちょっと前屈みになって歩いていた。そもそも叔父さんのすべてが大きかった。両手も、両足も、鷲のくちばしのようなカーブを描く鼻も。派手な服を着たがるほかの男たちとは違って、ギブラン叔父さんはいつも黒い服を着ていた。黒い頭布、黒いジャケット、黒いシャツ、黒いズボンに黒い靴だ。

真っ黒でもじゃもじゃの眉毛の下の黒い目と珍しい大きな鷲鼻は、叔父さんを恐ろしい人物に見せていた。ギブラン叔父さんが路地に現れるやいなや、子どもたちは泣きだしたり、母親のところへ駆けていったりした。とりわけ顔の

傷は、彼をふてぶてしく危険に見せた。でも叔父さんはソファに座ってお茶やコーヒーやレモネードを飲み、たった1枚のビスケットを食べるほかには何もしないのだ。

いつもローザ叔母さんにくっついて歩き、ビスケットを1枚食べるだけなのに、いったいどこであんな謎めいた傷を作ったんだろう、とぼくは自問した。

ある日、叔父さんはまたうちに来て、いつものように穏やかに座り、コーヒーを飲んでいた。「叔父さん、その傷はどこでできたの？」ぼくは訊いてみた。叔父さんはほほえんで、たぶん答えてくれようとしたのだけれど、ローザ叔母さんが先手を打った。「あら、叔父さんはおとなしそうにしてるけど、ほんとは怖いのよ。乱暴な盗人で、盗人はよく怪我をするものなの。でも、たとえ傷が深くて広くて、お月さまがすっぽり入るくらいだとしても、叔父さんはそれをすり傷だって言うのよ、ねえ、ギブラン？」

「うん、うん」ギブラン叔父さんは答え、困ったようにほほえんだ。

ぼくは心のなかで叔母さんを呪い、叔母さんの舌に瘤が3つできてしまえばいいのに、と思った。叔父さんと叔母さんが帰ったあと、ぼくは母さんに、母さんの弟はほんとうは何者だったの、と訊いた。母さんはぼくの質問にちょっと驚いたようだった。「そう、弟のギブランは盗人だったのよ」。こうして、ぼくはすべてを聞いた。

最初の襲撃のとき、ギブラン叔父さんはどもってしまい、とても恥ずかしがり屋だったので、顔を真っ赤にして空手で逃げ去った。強い

のに、一番簡単な言葉、つまり、「強盗だ！　金をよこせ！」と言うのさえ、恥ずかしがったのだ。彼はほとんど飢え死にしそうになっていたが、そこでいいアイデアが浮かび、そのおかげでその時代の最も賢い強盗になった。彼は人々や馬車やキャラバンのあとを追って走っていく強盗ではなく、彼らがやってくるまで辛抱強く待ち続ける世界でただひとりの強盗になったのだ。彼ほど辛抱強い人間は、この世にいなかった。

彼は道路からそれほど遠くない場所で、カラフルな案山子の振りをして待っていた。動かずに、ときには一日中そこにいた。1週間いることさえ珍しくなかった。寒いときも、雨のなかでも、焼けつくような太陽の下でも。人間を見かけると、彼はちょっとだけ動いて、見ている人の注意を自分に引きつけた。通り過ぎようとした人々は立ち止まり、いまのは気のせいだろうか、それともこの案山子は実際に動いて、頭をかいたり、うなずいたりしたのだろうか、と考えこんだ。もしもそうした人間のひとりが好奇心に駆られて近くまで来た場合、ギブランは力強い手でその首根っこをつかみ、財布を奪って、襲われた人が恐怖から立ち直る前に、大急ぎで逃げ去った。

ところが、次のような事件が起こった。まだ若い娘だったローザ叔母さんが、ある日、自分の村からモルガナまで馬車に乗って旅行している途中で、この案山子を目にしたのだ。このころのローザ叔母さんはとても好奇心が強かったのよ、と母さんは言った。

ローザ叔母さんは案山子を見、この案山子が

自分に手を振ったと確信した。ローザは手を振り返し、一緒に馬車に乗っていた人たちに大笑いされた。ローザ叔母さんは怒った。「止めて！」と彼女は命じた。馬車は止まり、ローザ叔母さんは、自分が案山子を連れて戻ってきて、たしかに手を振ったかどうか、みんなの前で訊いてみせると言って、そこにいた人たちと賭けをした。旅人たちは大笑いし、御者は彼女の背中に向かって「もし勝ったらあんたの案山子をモルガナまでただで乗せてやるよ」と叫んだ。

ローザはじっと立っているギブランに近づいていった。彼女が自分の前に立ったとき、ギブランは彼女の目を見、生まれて初めて孤独を感じた。

ローザはギブランと一緒に馬車に戻ってきた。旅人たちは気分が悪くなったが、鳥の糞や汗のにおいをぷんぷんさせているこの新しい乗客のために、座席を詰めて座れる場所を作ってやった。

この日からギブラン叔父さんは鋳物工場で働き、それから30年間、自分と妻と9人の子どものために、まじめに金を稼いでいるのだった。最初のころは、また案山子に戻りたいという思いに襲われることもあった。そんなときは腕を広げて居間でじっと立っているのだった。するとローザ叔母さんが見つけて叫ぶ。「ギブラン！　案山子みたいに立たないでよ！」するとギブラン叔父さんは恥じ入って「うん、うん」と言い、隅っこの方に座るのだった。

行列に並ぶ

どんな時間帯でも方角がわかるようになったころのこと。ぼくはある晩、家を飛び出して、確信と幸福の予感を抱きながら、サニアに到着した。勘違いではなかった。ぼくはサニアで、素敵な女性に巡り会ったのだ。

彼女の名はサイーデ、「幸福な人」という意味だった。ぼくが市場でサイーデに、「一緒になろうよ、幸福と不幸はひとつになって人生を作るものなんだから」と話したとき、彼女は笑い、笑いながらぼくに恋をした。それ以来ぼくたちは天国のような暮らしをし、今では10人の子どもがいる。一番上の男の子は15歳、一番下の女の子は5歳だ。ぼくは何度も仕事を変えたが、5年前にぼくと妻は金脈を見つけた。子どもたちと一緒に行列に並んで、その順番を売るという仕事を考え出したのだ。

ぼくたちが機械や薬品だけでなく、行列に並ぶという習慣までヨーロッパから輸入したことは、みなさんもご存じだろう。ぼくたちの政府は、東ヨーロッパの社会主義国からその習慣を導入した。東ヨーロッパの国々は、人々を教育し、愚かな考えを抱かせないようにするために、その習慣を考え出したのだ。なぜだかわからないが、アラブ人は行列に並ぶことができない。政府はモスクワから専門家たちを招いたが、彼らはすぐに気が狂いそうになった。苦労して列を作らせ、数分のあいだ静かに立たせることはできるものの、専門家たちが背を向けたとたんに、静かな行列は荒々しく叫ぶ人間の塊に変化してしまうのだ。暑さのせいかもしれないし、細かく枝分かれしたアラブの部族のせいかもしれないが、理由は神のみぞ知るだ。行列の専門家たちは次々に病気になり、ぐったりして本国に送り返された。専門家は誰もが友人として来てくれたのに、故郷に帰るときにはアラブの敵になっていた。罰を与えたり脅したりしても、行列の習慣は根付かなかった。政府が、行列のなかの場所を買い取ることを認める法律を出して初めて、自然に行列が作られるようになった。それ以来、ぼくたちのところの行列は、モスクワの行列より長くなったくらいだ。金を払って買い取った順番をみんなが尊重するようになり、誰かがお構いなしに前に割り込んで、他人が買った場所を奪うことは許されなくなった。警察が来なくても、ちゃんと折り合いがついた。この美しい秩序を乱そうとする何人かの頑固者がくりかえし現れたが、そんな奴らは蹴られたり平手打ちを食らったりして、列の最後尾に追いやられるのだった。ぼくの子どもたちも全力でそれを手伝った。だって、行列が導入されて以来、ぼくたちはこれまでで最高の暮らしを送っていたからだ。

ぼくは朝4時に起床し、10人の子どもたち全員を起こす。慌ただしく朝食をとると、その日、特にたくさんの人が集まりそうな場所へと急ぐ。それは食料品や燃料や洋服の売り場だったり、世界的に有名な映画が上映されている映画館だったりする。次の日に何が人気になるかがわかるのは、神さまと、頼りになる数人の事情通だけだ。毎日、違うものに人気が集まった。場所取りをする人間のあいだでも、もちろんライバル同士のだまし合いやごまかしなどがあったが、それはどんな職業にもあることだろう。

子どもたちは売り出しが始まる何時間も前か

ら、儲けになりそうな行列に並び、ぼくは客を探す。長年のあいだにぼくは、ゆったりと構えて前の方の場所には興味がなさそうにしている客でも、実はとても急いでいる場合があるということに関して、非常に勘が働くようになった。すべてははったりだ。結婚式に来る客は、祝いたがっているのだ。犬が相手の不安を嗅ぎつけるように、ぼくは客の苛立ちを感じ取る。行列の場所には、決まった値段はない。もちろん前の方が後ろよりも高い。暑い日には値段は上がるし、売り切れの直前もそうだ。値段は、そのときどきの混み具合にも対応させなければならない──行列の50番目にいる人は、3番目の場所に対して、270番目の人ほど多い金額を払わないだろう。ひとりの子どもの場所が売れ

たとたん、その子はまた最後尾で並び始める。子どもたちが並びながら楽しい時間を過ごせるように、ぼくは食べものや飲みものを買ってやり、雑誌や笑い話の本を届ける。ぼく自身は隠れる必要はない。まったく合法的に仕事をしているのだから。ぼくたちの辛抱を、辛抱強くない人たちに売りさばいているのだ。でもぼくは値下げ交渉にも応じるし、ライバルではなくいつもぼくのところで場所を買ってくれる客には割引もする。ライバルは増えてきたし、明日どの場所でいい商売ができそうか、早く知りたい人間は、まず情報通のところで行列に並ばなければいけない。

しかし一番の情報通は、こっそりお伝えするが、ぼくの妻なのだ……。

トゥンク

欲望と好奇心が結婚したなら、きっとトゥンクが生まれただろう。この動物がいまではもうぼくたちのところにいないのは、幸いなことだ。面倒くさいトゥンクという動物は、地上で唯一、あらゆるサイズになり得る動物だった。一番小さいサイズのトゥンクは、蚊とほとんど同じ大きさだ。イングランド南部の結晶片岩にはその大きさのトゥンクの刻印が残っている。一番大きい個体は象2頭を合わせたくらいだった。この個体の残骸はブラジル南部で見つかっている。そこでは鼻の刻印と、左の3番目の肋骨の半分が発見されたが、科学者たちはそれがたった1匹のトゥンクの体の一部だと確信している。死因は典型的なもので、何千ものトゥンクの骨格にもその特徴が見られる。ふたつの岩や2本の枝のあいだに長い鼻が挟まってしまい、誰かがその鼻を結んでしまうのだ。

鼻の先にくりかえし現れ、あらゆるサイズで発見されているこの典型的な結び目を、古生物学者たちは今日まで「トゥンクの結び目」と呼んでいる。シベリアでは10メートルもの氷の層の下からこのトゥンクの結び目の見事な標本が見つかったのだが、それはとても新鮮に保存されていて、まるでたったいまトゥンクが捕まったかのようだった。サハラ砂漠の南部では熱のせいでトゥンクのいくつかの個体がとてもよく保存されており、1本の皺も失われていない。

この動物に付けられた特徴的な名前は、欲望や好奇心に駆られてどこにでも鼻を突っ込むという面倒な性質から来ている。何でも匂いを嗅いで、試してみたいのだ。トゥンクは到るところにいたので、誰もトゥンクから身を守ることはできなかった。他の動物、そしてのちに人間たちは、トゥンクから身を守るためにはトゥンクを仕留めるか、トゥンクを誘い出してどこか狭い隙間に鼻を突っ込むように仕向けなければいけなかった。そのためには岩の後ろや木の洞のなかから囁きかけたり、くすくす笑ったりする。するとたちまち、鼻が現れるのだった。ときにはトゥンクがまだ知らない新しい薬草をブレンドして焼いた香りで、トゥンクを誘い出すこともあった。そこでもすぐに最初の鼻がやってきた。そのように、トゥンクの好奇心が彼らの運命を決めたのである。

人間には長い鼻がなかったので、好奇心旺盛な人も生き延びることができ、邪魔されることなく増えていった。ぼくの隣人のアフィファは鼻のないトゥンクだった。鼻のないトゥンクはこの世に何千匹もいるが、そのうちの1匹だ。彼らはけっして死に絶えることはないだろう。

夢を写した写真

　ヒルミはずる賢い男だった。カメラが安くなり、コインを入れれば写真を撮れるブースが街中にある時代、カメラマンは失業しないために、何か思いつく必要があった。ビデオに切り換えるカメラマンもいたし、自分の店を小間物屋にする者もいた。ヒルミはキリスト教地区で最も賢いカメラマンだった。客に写真を勧めるのではなく、夢の実現を提案したのだ。女性にも男性にも、途方もない衣装や小道具をそろえてやり、書き割りも用意した。

　そんなわけで肉屋のマームドはたった15分で、前からなりたかったカウボーイに変身した。ブーツに投げ縄、ぼんやりしたまなざし。

　勇敢な主婦のアレクサンドラは、夫に閉じ込められたカトリック教徒の繭から抜け出し、数分間だけ、肩や背中を剥き出しにした黒いドレスに人造宝石、光沢のある手袋、細長いタバコで男を誘惑するいかがわしい女になった。この写真をアレクサンドラは女たちの集まりでくりかえし見せびらかしたので、女たちはみんな感嘆し、アレクサンドラの厳しい夫のことを思ってくすくす笑った。

　食堂の亭主のイスマイルは以前、けっして写真に写ろうとしなかった。三重あごで140キロの姿を、自分でも見たくなかったからだ。「朝、鏡を見るだけでたくさんだ。どうして自分の姿を紙の上に残さなくちゃいけないんだ？」

　しかしヒルミは、この太っちょの男にサムラ

イの衣装を着せ、やみくもにシャッターを切った。食堂の亭主はできあがった写真に感動し、ヒルミにたくさんの金を払って大きなポスターサイズに拡大させ、それを額縁に入れて自分の店に飾った。

　ぼくたちの仲間のバシャールも、ほとんど毎月ヒルミのところに行っていた。そしてくりかえしぼくたちに、海賊やカウボーイ、ターザンになった自分の写真を見せるのだった。そしてときにはまったくおかしなことに、我を忘れて写真に夢中になり、目に涙を浮かべながら自分がまだターザンだった時代について熱心に語るのだった。

　母さんと産婆のナディメも自分たちの写真を撮らせた——ヴェールを掛け、装飾品を身につけて水パイプをたしなむハーレムのふたりの女性として。

　しかしヒット作は何と言っても、最高級の食糧や飲みものを詰め込んだ冷蔵庫のドアを開け、その前で撮影した写真だった。すべて模造品だったけれど、まったく本物らしく見えた。隣のサミハは親戚を驚かすためにヒルミにこの写真を撮らせたのだが、親戚の人々はアメリカから、シリアに戻りたいと書き送ってきた。アメリカでの生活は大変で、サミハが束にして冷蔵庫に詰め込んでいるような高級食材を、グラム単位でさえ買うことはできない、というのだった。

天国か笑いか、それが問題だ

　古都モルガナでは、長い歴史のなかで多くの事件が起こった。たくさんの奇跡と奇妙な出来事が、記憶に刻まれている。町の路地の慎ましい泥壁の家で、人々は太古の文化の偉大な魂を感じるのだ。アラブの中心に位置するこの町は、旅をする預言者や支配者、商人や物乞いたちの道が交差する、出会いの場所でもあった。

　2年前、天から赤い砂の雨が降ってきたときも、モルガナ市民たちは事情をわきまえていた。35年ごとに、何千キロも離れたサハラ砂漠のある地域から砂が巻き上げられ、ちょうどモルガナの上空から家や木々や車や道路の上に、赤い絨毯のような砂を降らせるのだった。モルガナの北や南にある町々では、ひと粒の砂も降らなかった。

　モルガナの人々は町に呪いがかからないように、3時間のあいだ、この砂をそっとしておく。この赤い絨毯はある恋物語と結びついていたからだ。モルガナに住んでいる妖精が、35年ごとに3時間ずつ、自分の町を怒り狂う父親、復讐を求める悪魔から、隠さなくてはいけないのだった。でもこれはいま語ろうとする話ではない。

　3時間後、モルガナ市民たちは砂を掃き、何ごともなかったかのように仕事を続けるのだった。

　過去何百年ものあいだ、多くの預言者のひとりが町に現れたときも、町の人々は同じように落ち着いて対処した。何人かの信心深い役人だけが、興奮状態になった。市民の大多数はぼくの叔父のアザールと同じ考えだった。叔父は穏やかに、こう言ったのだ。「誰かが預言者気分になったからといって、それが何だ？　親切にもてなしてやる必要はある。ひょっとしたら本物かもしれんからな。そうすれば、もてなしの代わりに、天国にちゃんとした居場所ができるというもんだ。もしその預言者が嘘つきだとしたら、おもしろいエピソードか、笑いが手に入るってことさ」

悪魔の娘たちは知っていた

　夏、ダマスカスが耐えられないほど暑くなると、両親はぼくたち子どもを連れて山間のマルーラ村に避暑に出かけた。マルーラは夜になると涼しかったので深く眠ることができたが、残念ながら長くは寝られなかった。うちの別荘は、考えられないほど場所が悪かったからだ。毎朝、恐ろしい叫び声で起こされた。屠られる前の羊が村を通っていくときにあげる叫びだ。

　あの当時、村で手に入るものは何でも新鮮で、自然のままの状態だった。ブドウもイチジクもトウモロコシもトマトも、マルーラではたしかにどこよりも美味しかった。肉屋は店先で自らと畜していた。肉屋は村に3軒あったが、そのうちの1軒がちょうどぼくの部屋の真向かいだったのだ。肉屋は隻眼でユーモラスな男で、美声の持ち主だったため、女たちにとても人気があった。

　肉屋は毎朝、遠くにある家から1匹の羊を店まで連れてきていた。征服者の落ち着きで、彼はそれをやってのけた。辛抱強く羊のあとを歩き、目前に迫った不幸を予感したらしい羊が立ち止まり、神の憐れみを求めて叫ぶたびに歩みを止めた。それは息を切らして助けを求める、奇妙な鳴き声だった。羊は目を見開いて、きょろきょろしていた。肉屋は小さな声で民謡を歌った。それは憧れや孤独を歌う内容だった。それからくりかえし、思いやりを込めるかのように、羊をそっと押すのだった。羊はそのたびに、ボーッとした状態から目覚めるように見え、しばらくはほとんど機械的に前に進むのだが、それからまた立ち止まるのだった。羊は奇妙なことに、店に近づけば近づくほどためらう

ようになる。まだ一度も、店に入ったことはないはずなのに。最後の数メートルは、もう進めない。手足が強張ったように見えるのだが、手慣れた肉屋はかわいそうな羊を戸口まで押していき、金属の輪につないで、店を開けた。その間、ぼくは毎朝バルコニーに座って様子を眺めていた。

　店を開けるとすぐ、肉屋は包丁と、血を受けるためのブリキの鉢を持って出てきた。羊の前足と後ろ足を器用に抱え込み、柔道選手のようにひっくり返すと、膝で羊の頭を押さえた。羊はびっくりして、声も出さない。包丁の刃が光り、羊は血を流すのだった。羊の最後の痙攣が、ぼくの夢にまで出てきた。

　それからの手順は複雑だった。皮を剝ぐことから始まり、はらわたを抜く作業で終わる。そのあと、清潔な羊の半身が店にぶら下げられた。自然のままの生活は、残酷な場合もあるのだ。

　週に一度は山羊の肉がさばかれたが、通常は子山羊だった。この日は、母は肉屋に行かなかった。動物の子を殺すのが嫌だったからだ。

　ときには老いた雄山羊が首を差し出さなくてはならなかった。年とった雄山羊は、殺す前に水浴びをさせ、選りすぐりの香辛料をたっぷり使って料理しても、悪臭がした。

　山羊たちも、自発的に店に歩いてこようとはしなかった。肉屋は山羊の首に縄をつけて引っぱったが、山羊たちは全力で足を突っ張り、嘆願するのではなく怒り狂って大声で鳴いた。しまいには、山羊を抱えていかなくてはいけなかった。そんなときは肉屋にも歌う余裕はな

86

かった。

　母はときおり、バルコニーでのぼくの苦しみの時間を、コーヒーで和らげてくれた。

　午後——肉はとっくに売り切れていた——肉屋は短い昼寝のあと、10頭ほどの山羊と羊を連れて村を横切り、店の脇を通り過ぎて、近くの野原に歩いていった。動物たちはそこで、ジャコウソウやアザミ、バジリコ、パセリ、ブドウ、バラ、そのほか野原に生えているものは何でも、そしてこっそり他人の庭からかじり取れるものまで、お腹いっぱい食べることができた。だからこそ、みんなは肉屋の肉を欲しがった。驚くべきだったのは、山羊たちが店の脇を通るとき、一瞬店の方を眺めて立ち止まり、肉屋の命令口調に従って、また歩きだしたことだ。「山羊たちは知っているのよ。殺されるとき、羊みたいに途中でただ鳴きわめくんじゃなくて、仲間たちに正確に道を教えてるのよ」と母は言い、愛情を込めて山羊たちを「悪魔の娘」と呼ぶのだった。

父がとうとう政治に無関心になったわけ

父と国粋主義者の教員が友人だったのは、ほんの短いあいだだけだった。父は彼の勇気や行動力に感心していたが、自分たちはアラム人だったので、どんどん強まるアラブの国粋主義がその教員をとりこにする様子に、まもなく耐えられなくなった。ラジオからは国粋主義的なスローガンが大音声で流され、壁にも国粋主義的な主張が掲げられた。空には大きな横断幕がはためいた。そこには祖国をほめたたえる大きな文字が並んでいた。

その教員が父に向かって、シリアの国民はたとえ本人がそれを自覚していないとしても、あるいは望んでいないとしても、すべてアラブ人なのだ、と説得しようとしたとき、父の怒りが爆発した。「千年前のカリフ（注：教祖マホメットの「後継者」の意。イスラム教徒の最高指導者の呼称）たちの方が、あんたよりもよく事情をわきまえてたぞ。カリフは、アラム人にもユダヤ人にも、ペルシャ人にもスペイン人にもクルド人にも、アラブ人になれなんて言わなかったんだ」。教員は気を悪くして立ち上がり、去っていった。その日以来、教員はぼくたちの店ではなく、競争相手の店でパンを買うようになった。父は５つの国粋主義政党すべてを記憶から抹消した。

父の別の友人のカリドは銀行員で、自分はリベラルだと主張していた。よくうちを訪ねてくれたし、祖母は礼儀正しいカリドが大好きだった。母は逆で、カリドのことが我慢できなかった。彼が来るたびに、「カメレオン」と小さい声で呟いた。でも父は、母の反感にも惑わされなかった。父はぼくに、笑いながら言った。「お前の母さんとわたしの母親は、けっして意見を同じくしないという秘密の協定を結んだんだよ」

リベラルなカリドが政治的迫害を受けたとき、ぼくたちは彼をかくまった。きちんと食事を出し、ぼくは毎日、彼のために新聞を買った。だが、ぼくの家族はそれまで日刊新聞を買ったことがなかったから、自分たちが住んでいる通りで新聞を買ったりしたらスパイの目に留まっただろう。そのため、ぼくは遠く離れたキオスクで新聞を買い、袋に入れて家に持ち帰らなくてはならなかった。

カリドの妻はふたりの子どもと一緒に、ぼくたちのパン屋の近くに住んでいた。そんなわけで、毎日パンを買いに来るたびに、暗号をかけた言葉で夫の無事を知らせてもらうことができた。

「願いどおり早い時期に大臣になれたら、きみが払ってくれた犠牲はけっして忘れないよ」と、ある晩カリドは父に言い、祖母はまたしても涙を流すほど感動したのだった。

父は気高く振る舞おうとした。「わたしに褒賞を与える必要はないよ。店があるだけで充分だ。でも、あんたがいまと同じように、政治的状況についてのわたしの意見に耳を傾けてくれるなら、それだけでありがたいな」

「信じてくれ、毎日そうするよ。きみの声は必ずぼくに届くだろう」

「でもあなたが大臣になったら、夫はどうやって意見を言えばいいの？」母が不審そうに尋ねた。カリドも母も、シリアの大臣たちがびっしりと秘密警察やボディーガードに取り囲まれていて、いい人も悪い人もまったくそばに寄れないことを知っていたのだ。

「奥さんの言うとおりだ」とカリドは言い、父の方に向き直った。「一番いいのはきみがパン屋の前に立っていてくれることだ。友よ、ぼくは車で通りかかったらここで停車し、みんなの前できみを抱擁し、一緒にお茶を飲むだろう。そして、きみが何をいいと思い、何を悪いと思うかに耳を傾けるよ」

母は打ちのめされた様子になり、姑が勝ち誇るのに耐えなくてはならなかった。

まもなく、銀行員は本当に大臣になった。我が家の隠れ場所から、そのまま大臣の椅子へと昇進したのだ。なぜかって？ 怪しいクーデターのせいだ。

それ以来、父は見習いのひとりを見張り役としてパン屋の戸口に立たせた。3日目に車に乗った警官たちを見た見習いは、大声で叫んだ。「あの人が来た、あの人が来た！」

それが合図だった。父と従業員たちはすべてを放り出して入り口へと急いだ。黒いリムジンに乗っている大臣に向かって手を振ったが、リムジンは通り過ぎていった。

母は限りなく勝ち誇っていた。

「どうして手を振らなかったんだ？」やがて国民の敵と断罪されたリベラル派のカリドは、父が約束違反を責めたとき、逆にこう尋ねた。そして、またすぐに大臣になるから、そのときはもっとはっきり手を振ってくれ、そして、それまでかくまってくれ、と頼んだ。3か月のあ

いだ、ぼくたちは彼を養わなければいけなかった。父は派手なライトをショーウィンドウの周りに取り付け、道の真ん中に赤いネオンの矢印をつけて、パン屋を指し示すようにした。カリドがふたたび大臣になったとき、父は従業員全員と一緒に白いエプロンを着けて戸口に立ち、手を振り続けた。ライトまで一緒に揺れているように見えた。しかし、復帰したばかりの大臣は目が見えなかったに違いない。

父は家に戻ってきた。憤慨し、母に対して自分の敗北を語った。母も怒り狂い、もしあの恩知らずの嘘つきがたった1秒でもうちに足を踏み入れるようなことがあれば、自分は永久に家を出る、と誓った。22日間、父は黒いリムジンに手を振り続けた。しかし、何も起こらなかった。父は苦り切って、派手なライトと矢印を取り外した。その日一日で、何年も年をとったように見えた。

その後まもなく、大臣は武器の不正取引のせいで解任された。2日後、カリドは変装してパン屋に現れ、大きな陰謀が進行中で、自分はまもなく復帰できるだろう、もう少し待ちさえすれば……、と説明した。父は彼が見えないかのように振る舞った。「次の方、どうぞ」と父は言い、客の注文を訊いた。

それ以来、父はもう、どの政党の話も聞こうとはしなかった。

モダン・タイムズ

　うちの息子は、ぼくが子ども時代にもらったおもちゃ全部よりも多いおもちゃを、1年のあいだにもらう。でも、ぼくが羨ましく思うプレゼントはほんのわずかだ。たとえばとてもきれいで大きい壁掛け黒板。息子はそこに、高校を卒業するころのぼくよりもずっと大胆に、チョークで字を書いている。学校で黒板の前に立たされるのは、ぼくにとっては恐怖でしかなかった。普段なら美しくスイングしているぼくの文字も、まるで祖母が飼っているニワトリに導かれたみたいにガタガタで読みにくくなってしまうのだった。

　息子が黒板と同じく太っ腹なご夫婦からプレゼントされた小さな鉱物コレクションも、見るたびにぼくの胸をときめかせる。子どものころのぼくはいつも、宝石を発見することを夢見ていた。命がけの山登りを試み、岩だらけの洞窟やトンネルを這っていく際には痛々しいすり傷を作ったが、何も見つけられなかった——それなのに息子は、キラキラ輝く美しい石でいっぱいの箱をぽんとプレゼントされたのだ！

　先週、ひとりの女友だちが、息子に壁かけ時計をくれた。その壁かけ時計からは、正時になるたびに鳥の声が響くのだ。1時にはナイチンゲールの歌、2時にはヒバリの囀り、3時にはスズメがピーチクと鳴き、4時にはツグミが口笛を吹く。5時にはカナリアのトリル、6時にはクロウタドリのフルート、7時にはゴシキヒワのおしゃべり、などなど。どの鳥の声も、2回くりかえされる。綿密に計算された電気じかけにより、鳥の歌声は見事に再現されるのだ。あま

りにも本物そっくりなので、何も知らずに息子の部屋でスケッチを眺めていた隣のおばさんは、突然大声でミミズクが鳴き始めたとき、死ぬほどびっくりした。

　2日前のこと、ぼくの目覚ましが6時5分前に鳴り始めた。ぼくは目を覚まし、ほほえんでまた目を閉じて、日常のせわしなさが始まるまでにあと数分、眠りを掠め取ろうとした。6時ちょうどにクロウタドリの声が2度聞こえた。それから3度目、4度目、5度目にまたクロウタドリのフルートのような声が奏でられた。クロウタドリの声はもう止まらなかった。レコードの針が溝にひっかかったときのように、くりかえし歌い始めるのだ。

　「おやおや、時計が壊れたな」。ぼくは悲しんだ。いまの時代、こういったものはもう修理できない。妻が目を覚まし、寝ぼけながら尋ねた。「何が起こったの？」

　「時計が壊れたんだよ。普通、どの鳥も2度しか鳴かない。でもいま、クロウタドリが歌いやまないんだ」

　妻はちょっと耳を澄ませた。

　「やれやれ」と妻は言い、寝返りを打つと、嵐の前の静けさをむさぼった。

　クロウタドリの歌は終わらなかった。ぼくは起き上がり、時計から電池を抜こうと思った。

　だがその途中で、歌声が息子の部屋からではなく、窓から聞こえてくることに気づいた。ぼくは外を見た。1羽のクロウタドリが出窓に座って、楽しそうに新しい一日を歓迎しているのだった。

本物より上等の影武者

あるアラブの独裁者に5人の影武者がおり、暗殺されそうになるたびに影武者のおかげで命を救われてきた。人々から憎まれていたので、けっして公衆の面前に自ら姿を現すことはなかった。スポーツイベントやパーティー、児童施設や老人ホームの開設などの際にやってくるのはすべて影武者だ、と人々は噂していた。閣議のときだけは、大臣たちと協議し、重要度の高い決定を下すために、独裁者自身がその場に現れた。その国は隣国と戦争中であり、状況は予断を許さなかったからだ。

敵は攻撃の手を強め、首都にまで空爆を行った。そのため、大臣たちは毎日5時に秘密の防空壕に集まり、次の作戦を練った。

ある日、独裁者自身がふたたびそのような会合に姿を現した。状況は緊迫の度を増し、敵はすでに首都のすぐ手前まで迫っていた。いつもは冷たく、感情を表に出さない支配者も、この日は集まった大臣全員を前に、動揺を隠せずにいた。老いて足の不自由な大蔵大臣まで、その場に来ていたのだ。独裁者は初めて大臣たちに心を開いた。

「親愛なる友人たちよ、いよいよ決定的な瞬間が訪れた。我々が遠くヨーロッパに送り出し、安全な場所に逃がした身内たちよりも、いまや死がわれわれの近くに迫っている。諸君には感心している、と言わねばならない。諸君は毎日ここに来た、と聞いている。わたし自身は大統領でありながら、この3日間、勇気を失っていた。そのため、昨日と一昨日、そしてその前日には影武者のうちの最優秀の者をここに送ったことを、お許し願わなくてはいけない。わたしには……自分でここに来ることができなかったのだ」と、独裁者は口ごもった。

独裁者はあらゆることを覚悟していたが、大臣たちが即座に笑いだすという反応までは予想していなかった。最初はおずおずと笑い始めた大臣たちは、しまいには激しく息を吐き出し、大笑いした。

「何がおかしいんだ？」独裁者は立腹して尋ねた。

「閣下」と内務大臣があえぎながら答えた。「大臣のみなさんは先月からとっくにヨーロッパにおられます。ここにいるのは全員、大臣の影武者なんです」

負の体重

子どものころ、ぼくは骨と皮だけの姿だった。あまりに痩せっぽちなので、みんなにからかわれた——そして、いまでは？　みんなから、デブと罵られている。ドイツで暮らすアラブ人は、すぐに太ってしまうのだ。何百年も続いた飢えが、オアシスのようなドイツの豊かな食卓で、必要以上に満たされてしまう。おまけにぼくは、食べるのが好きなのだ。

ここではアラブ人の好物である美味しい食べものが、何でも手に入る。ナッツ、お菓子、パン、豆、といったものが、いつでも買えるだけではなく、捨て値で売られているのだ。ときどき、ぼくは仕事を変えようかと考える。ドイツの車ではなく、この美味しい食料品をアラブに輸出すべきなんじゃないか、と。

自分の体が乾いたスポンジみたいに何でもむさぼっていることには、もちろんぼくも気づいている。でも、どうすればいいのだろう。大食いがひどくなったのは、タバコをやめたときだ。それ以来、体重は130キロになった。30年前にフランクフルトに到着したときには、やっと69キロになるくらいだったのに。

よそから来た人間は、故郷との別れが胸を締めつけるあまり、統合失調症になることも珍しくないといわれる。でもぼくは、自分をネタにしてジョークを語る。「この体重じゃ、もうすぐ69キロの人間ふたりに分裂しそうだな。ひとりは肉と骨、ひとりは純粋に脂肪でできた人間だ」

しかし、あらゆる愚か者と同じく、ぼくも笑うのが早すぎた、と気づかずにはいられない。

ダイエットすべきだって？　ぼくはもう、あらゆることを試みた。野菜ダイエット、お茶ダイエット、入浴、温泉治療、炭水化物断ち、スポーツ、脂肪ダイエット、リンゴダイエット、砂糖ダイエット、タンパク質ダイエット、そして酢のダイエット。残ったのは、気の抜けた野菜の味と、眠れない夜の空腹の思い出だけだ。古典的な方法とされるFDHダイエット（注：食事の量を半分にするダイエット法）さえ、ぼくには役に立たなかった。何週間も苦労してこの方法で落とした体重が、たった1回の豪華な食事で戻ってしまったのだ。

ある日、ぼくは驚くべき発見をした。寝ることが、一番いいダイエットになるのだ。ぼくは2日間、風邪を引いて寝ていた。そのあとで体重計に乗ったら、3キロも痩せていたのだ。そこでぼくは、次の休暇をベッドのなかで過ごすことにした。でも、空腹では眠れないし、食べるのは嫌だ。というわけで、睡眠薬を飲むしかなかった。目が覚めるたびに体重を量り、水をひとくち飲むと、睡眠薬の助けを借りてまた数時間うとうとするのだ。3週間のあいだに43キロ痩せたが、必要な薬の量は5倍に跳ね上がった。ぼくは薬物中毒になり、ダイエットを中断し、それ以上薬に手を出すことは許されなかった。

これほど熱心に体重のことを考えていたので、ぼくにとっては浴室の鏡よりも体重計の方が重要になった。朝、まず第一に小さく揺れ動く針を見下ろして、その日の具合を知ろうとする。1ポンドでも減ろうものなら、どんなに天気が悪くてもぼくの顔は輝き、とりわけ長い時間をかけ、クラッカーのように堅く焼いたライ

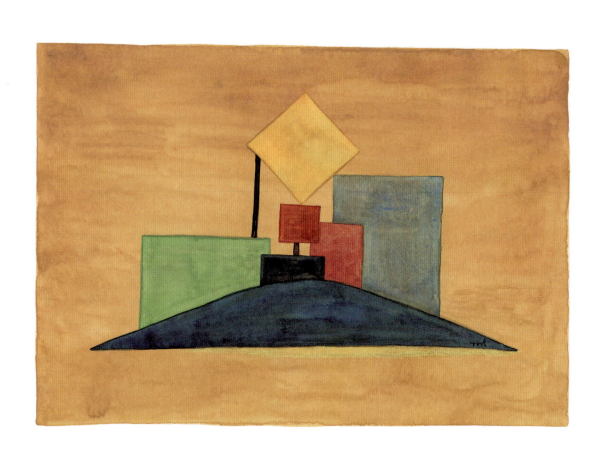

麦パンを1枚、大いばりでぽりぽりと食べるのだ。でも、もし体重が増えていようものなら、「減らしてダメなら楽しんでしまえ!」というモットーのもと、美食による一種の復讐が行われる。やけになって食べまくるので、食事のあいだにもう、ズボンの縫い目が裂けてしまったほどだ。

しかし、こうしたことにもまだ耐えられた——負の体重が現れるまでは。え、まだ耳にしたことがないって?

3日間、ぼくたちはアラブ式の結婚式を祝った。主役は成功したビジネスマンだった。彼は気前よく、100人の客をご馳走でもてなした。目にとっても口にとっても、夢のような時間だった。

気づかぬうちに、ぼくは魔法のリミットを越え、ふたりの人間に分裂した。それは結婚式の3日目だった。その朝、デジタルの体重計は140キロを指した。結婚式の前には137キロだったのだ。だから、それほどひどいわけでもなかった。

悲劇はそのあとで起こった。

ぼくはトイレに行った。すっきりし、純粋な好奇心から、ぼくはまた体重計に乗った。なんてこった!

142キロだった。

最初は勘違いか、記憶力の低下だと思った。それからは、朝、トイレに行く前と行ったあとに、体重を記録することにした。明らかだった! いつも同じ結果になった! 自分が魔法のリミットを越えると、負の体重が加わることを発見した。このリミットは人によって違っている。ぼくの場合、そのリミットは140キロだった。

どうなったら負の体重が発生するのか、理解する必要はない。ただ、誰でもその影響を把握することができる。消化したものを排泄する際に、体重が減るのではなく増えるのだ。

ぼくは20年前に原子物理学を勉強し、負の質量についても知っていた。しかしそれは多かれ少なかれ、老いつつある物理学者の数学的な思いつきだったし、現実世界の体重計の上でのキロ数ではなかった。

ぼくは医者に相談したが、その医師は——自分でもどうしていいかわからなくなって——ぼくを心理学者のところに回した。この心理学者は当初、すべてを冗談と見なしていた。ぼくが絶望して、実際に見てくれるように頼むと、彼も、このケースを間近に確認することに同意した。ぼくをひと晩のあいだ、ビールと豚のすね肉とジャガイモの団子でもてなし、翌朝自分の目で、機械的にはまったく問題のない自分の体重計が、ぼくがトイレに行ったあとで4キロ増を記録するのを見て、驚愕した。

「こんなはずはない」と、心理学者は言葉につかえながら言った。彼は7日間、ぼくの体を使って実験し、メニューはどんどんカロリーが多くなり、栄養豊かになった。しまいには——ぼくの体重は夜ごとの飲み食いのあいだにどんどん増え、トイレに行くたびにさらに増えていた——彼は首をひねり、午後中ずっと黙っていた。夜になり、3本目のワインを飲んだあと、彼はろれつの回らぬ口でようやく自分の理論を展開した。

「すべては願望のせいだ。体重がある限界値に達すると、脂肪に魂が生まれて、当然ながら、もうそれ以上減ろうとしないんだ。脂肪が減るたびに、脂肪の魂は痛みを感じる。幻肢痛のようなものだ。医学者たちは、手足を失った患者たちが、その部位が切断されてもはや存在しないはずのところに痛みを感じる現象を発見している。患者たちが嘘を言ってるんじゃなくて、体がこの部位のことを思い出しているんだ。体重も同じようなものだ。失われた部分に対し、脂肪が勝手に重くなっている。そういうわけだ。わかったかね？」

何も理解できなかったけれど、ぼくはうなずいた。

「これは物理学者が扱うべきケースだよ。わたしには手に負えない」。心理学者は翌日、別れを告げる際に困り切った様子で言った。

打ちひしがれているという点では、ぼくも同じだった。しかし、体重計を捨ててからは、また気持ちが落ち着いた。でも、トイレに行くたびに負の体重のことを思ってしまう。もう絶対にそのことを考えるのは止めよう、と誓っているのだけれど。

愛の練習

サミラに恋したとき、ぼくは14歳だった。二度目に会ったとき、サミラはぼくに、どこかでふたりきりになれないかと尋ねた。それを聞いてぼくは仲良しの老産婆、ナディメおばさんのところに急いだ。サミラとふたりきりになりたいと思ったけれど、どこでふたりきりになれるのかわからなかったからだ。

「わたしのところに来ればいいわよ」。ナディメおばさんは短く答えた。

「ここに？」ぼくはぎょっとした。

「そうよ、それ以外にどこがあるの？ ひょっとしたらカトリック教会？」

「でも、ぼくたちが来たらおばさんはどうするの？」

「わたしは小1時間、あんたのお母さんのところにでも避難するわよ。あんたが鍵を持ってきてくれるまで、コーヒーとおしゃべりで楽しく過ごすわ」。ナディメは大声で笑った。

その次の質問がなぜ口からこぼれ出たのか、ぼくにはいまに至るまでわからない。「それで、ぼくたちはここで何をするの？」

ナディメおばさんはぼくの言うことがよくわからないようだった。「ぼくたちって、誰のこと？」

「サミラとぼくだよ」とぼくは言い、彼女の前で恥をかくのではないかと想像して震えた。

「あら、そう！」産婆はぼくの困惑ぶりを見て驚いていた。「きょうの午後3時にうちにいらっしゃい。これからまだお産を1件すませて、病気の女の人のところを訪問しなくちゃいけないの。インフルエンザを治すために放血器を使うのよ。お昼になったら1時間横にならなくちゃ

いけないし。そのあとで来てくれたら、あんたがサミラと何をするのか教えてあげるわ」

ぼくは3時ごろそこに行ったが、ナディメおばさんはちょうど起きたばかりだった。

「大変なお産だったよ。モンスターのような親から、ものすごく可愛い赤ちゃんが生まれたけどね。でもどうだろうね、子どもは成長につれてすごく変わっていくからね」。ナディメはそう言いながら、ぼくと一緒に小さな中庭に行くために立ち上がった。そこにはいたるところに花が植えられ、レモンの木が生えていた。ナディメは小さな噴水の横の赤いソファに腰を下ろすと、ぼくに向かってというよりは独り言のように言った。「あんたがサミラをどうやってもてなすか、見てみようじゃないか」

そのあとは拷問だった。ほんとに！ ナディメおばさんはその時間を「愛の練習」と呼んだ。

ぼくたちは学校であらゆることを習う。役に立たないナンセンスはすべて学ぶのに、一番重要なことである愛への第一歩を知らないのだ。ぼくたちは曾曾祖父母たちのように闇のなかを手探りし、何とかうまくいけばいいなと考えているのだ。ナディメおばさんが手ほどきしてくれるなんて、何という幸運だろう。彼女はぼくを導いて、愛の小道を一歩ずつ進んでいった。

「わたしがサミラだとしてごらん」。彼女は言った。「わたしがドアをノックするから、あんたは『お入り！』と言うんだよ。わたしは廊下を通ってこの中庭に来る。そうしたら、あんたは何をする？」

ぼくはソファに座っていた。「ああ、サミラ？来たんだね？」ぼくは大まじめに言った。

「何の真似？」とナディメおばさんは言った。「もちろん彼女は来ているさ。やり直し。もっとちゃんと考えなさい！」

ナディメおばさんは廊下に姿を消した。まもなく、彼女が「トン、トン、トン」と言うのが聞こえた。

「お入り」とぼくは答えたが、笑いをこらえるのが大変だった。おばさんはすごい勢いで飛び込んできて、一気に中庭に駆け込んだので、もう少しでバラの生け垣に突っ込むところだった。ぼくは彼女を迎えようと跳び上がり、スツールにつまずいて、笑いながら地面に倒れた。

「まあ、すてきだこと。もうすぐ病院で愛の授業の続きができそうだね」。ナディメおばさんはゲラゲラ笑いながら言い、ぼくを助け起こして、頬を撫でた。「もう一度やってちょうだい」と、ナディメは丁寧に頼んだ。ぼくはソファに戻り、彼女は廊下に行った。「トン、トン、トン」

「お入り」とぼくは答えて立ち上がり、走って迎えに行った。ナディメおばさんが中庭に入る前に、ぼくはささやいた。「サミラ、きみが来てくれて嬉しいよ」。それからソファに導くために、やさしく彼女の手を取った。ナディメおばさんはおとなしくついてきた。

「大変よくできました。あんたには才能がある」とナディメおばさんは言った。「多すぎもせず、少なすぎもしない。ちょうどいい始め方だわ」

「このあとは？」ぼくは困惑して尋ねた。

「何をしてもいいけど、黙るのだけはダメよ。優しい声と美しい言葉で、サミラに何かを言わ

なくちゃいけないの」

「うん、そうだね」と、ぼくは言った。おばさんを見つめて、サミラに話しかけるような具合で話しかけるのは、なんだか居心地が悪かった。

「きみはとってもすてきだよ、サミラ。最近どんな映画を観た？　バスかタクシーでここに来るのは大変じゃなかった？」

「何だって？　あんたは彼女に天気や為替のことまで訊くつもり？　違う、違う。これじゃダメよ。彼女に対する気持ちと、彼女が来てくれてどんなに嬉しいかを、手短に言わなくちゃいけない。それから飲みものを勧めるのよ。こういうときは、映画だとか、気が散るような話題は避けるべきよ。デートが台無しになるから」

「ええ？　おばさんの家で、彼女に飲みものを勧めるの？　そんなのダメだよ。そしたら食事まですることになっちゃうよ」とぼくは抗議した。

「もちろんあんたはここで、サミラと食事したり飲んだりしていいのよ、坊や。ほかにどうやって彼女をもてなすつもり？　空腹や喉の渇きを忘れるお祈りができるように、ロザリオでもあげるつもり？　いいえ、わたしのためを思って、サミラを甘やかしてちょうだい。彼女がまた来てくれるようにね。冷蔵庫には食べものがたっぷり入ってるわ。守銭奴みたいにお金の心配なんかしないで、サミラに気を遣ってあげて。いまはわたしをもてなしてちょうだい、そうじゃなきゃ、もうサミラの役はやらないわ」

ぼくはナディメおばさんのために、冷蔵庫か

らレモネードを持ってきた。自分のためには水。彼女はレモネードを飲み、グラスを置くと、考えこむように尋ねた。「それから、あんたは何をする？」

ぼくには答えがわからなかった。

「あんたの手は、恥ずかしがり屋の軽やかな鳥にならなくちゃいけない。そして、くりかえしサミラの方に寄っていって、彼女に嫌な思いをさせないようにしながら、そっと撫でてあげるんだよ」

「うん、そうだね」ぼくは言った。

「うん、そうだねって、どういう意味？」おばさんは怒り出した。「どんなふうにするか、やってごらん」

ぼくはおばさんを抱きしめ、ぎゅっと自分の体に押しつけた。「ちょっと、ちょっと、坊や、これじゃ息ができないわ」。おばさんがあえぐのが聞こえた。「情熱的に愛するのはいいけど——相手を窒息させちゃダメよ、いいわね」。ナディメおばさんはそう付け加えると、どうやったら優しく抱きしめ合えるか、見せてくれた。

練習はとてもハードで、ぼくはしまいに疲れ切ってしまった。ナディメおばさんは楽しんでいるみたいで、とても辛抱強かった。愛と優しさがどのようなものか、ぼくが本当に理解するまで、その後何日も、訪問のたびにこのレッスンをくりかえしたのだった。

103

聖マリアはけっしてノーと言わない

地中海世界では、信心深いクリスチャンは聖マリアとの特別親密な関係を持っている。聖マリアの絵の下には数え切れないろうそくが灯されているが、それ以外の聖人にはほとんど愛着が示されない。お祈りや聖マリアとの対話においても、クリスチャンたちは天国の別の住人に対するよりずっと多くの信頼を彼女に示している。

ある貧しい男が職を失った。彼はとても信心深くて、いつも教会に行き、祈り続けた。それでも仕事は見つからなかった。あるとき彼は、当時はまだ蓋をされていなかった献金箱を見て、聖マリアの絵の下の箱はいつも硬貨やお札でいっぱいなのに、その隣のイエスの絵の下の箱はほとんどいつも空っぽなのに気づいた。

ある日、その男は物乞いをするのに飽き飽きした。教会に行くと、聖マリアに話しかけた。

「マリアさま！ 一日中探しても、仕事は見つかりません。もうすぐクリスマスです。妻や子どもには食事や菓子や着るものが、わたしには酒が必要です。でもご覧のとおり、まったく金がないんです。わたしは悪人ではありません。あなたの息子の献金箱をご覧なさい。何も入ってませんね。風が吹き抜けてるじゃありませんか。彼だってちゃんとした人だったのに。20リラ、いただけませんか？ 息子さんと山分けします。わたしが10リラ、息子さんが10リラです。そうすれば妻と子どもたちは食事ができるし、わたしは酒が飲める。クリスマスに悲しい思いをしなくてすむんです。あなたの息子さんも、誕生日に気まずい思いをしないですみますよ。でももしあなたが望まないのであれ

ば、そうおっしゃって下さい。それならば手は出しませんから」

聖マリアの絵はもちろん何も答えなかったので、男は言ったとおりのことをした。翌日、彼はまたやってきた。

「わたしは恥じ入っております、マリアさま」と彼は言った。「あなたの目を見ることさえできません。でも、どうすればいいんでしょう？ ごらんなさい、息子さんだって同じ状態です。献金箱には1ピアストルも入っていません。きょうは家賃を払う日なので、40リラ必要なんですが、わたしはラクダ同然です。このことはけっして忘れません。息子さんにも40リラ入れておきます。多すぎると思ったら、言って下さい。そうしたら何も触りませんから」。聖マリアの絵は今回も沈黙していた。男はあふれんばかりの献金箱から80リラを取り、それをイエスと山分けして家に帰った。

男の状況はその後の日々も改善されず、男は教会に来ると金を取り、イエスと分けた。しかし常に、聖マリアがそれに反対かどうかを尋ねた。彼女はけっしてノーと言わなかった。

教会の司祭は長いあいだ、ふたつの献金箱の中身が突然変化したことで頭を悩ませていた。過去10年のあいだ、これほどマリアの献金が少なく、イエスの献金が多かったことはなかった。原因を探るために、彼はイエスの絵の後ろに隠れ、どきどきしながら待っていた。

例の男がまたやって来て、床を見つめながら言った。「ああ、マリアさま、ご存じのとおり、2週間前から仕事を探しているのに見つかりません。妻と子どもたちには、わたしが与える金

はすべて、あなたの優しいお心の賜物だと伝えてあります。彼らは毎日、あなたのために祈っております。妻からよろしくとのことです。もしあなたが困ったときには、妻を頼っていただきたいとのことです。きょうはこんなにおしゃべりしてしまいましたが、それというのも妻に服を買ってやりたいからです。それでいささか恥じております。しかし、あなたの勇敢な息子さんの献金箱では、隙間風で虫が凍えております。わたしたちはすでに旧知の仲ですし、もしお嫌ならおっしゃって下さい。そうすれば、すべてそのままにしておきます」

「嫌だ、やめてくれ」と怒った司祭は叫んだ。

男は立腹してイエスの絵を振り返った。「黙れ。お前の母親と話しているんだ！　だがいいだろう、お前が嫌だというなら、もうお前とは分け合わない」。男は罵り、80リラを取って出ていった。

司祭は隠れていた場所から飛び出したが、つまずいてしまい、男を捕まえられなかった。どうやったら金を入れても出せないように、献金箱を守れるだろう、と考えに考えた。それから賢い指物師のところに出向くと、すぐに天才的な発明品ができあがった。それ以来、世界中の教会は、特別に細い差し入れ口をつけた献金箱を使うようになったのだ。

訪問

　父はあるとき、ひとりでぼくを訪ねる決心をした——妻も、他の子どもも連れずに。母がのちに語ったところでは、出発の直前、父は非常に興奮していて、訪問を取り消そうとし、妻を連れずに旅をすることなど思いついた自分を責めていた。興奮のあまり、父はひどい間違いを犯した。

　アラブ人は「日時の取り決め」に関して、独特の態度をとる。ひょっとしたらそれは、かつて太陰暦やイスラム教の暦を使っていたのに、それを変えることを余儀なくされ、新たに導入された西暦になじむことができなかったからかもしれない。アラブ人は取り決めた時間に対して、そもそも来るとしても、いつも遅刻するのだ。

　ぼくは短い休暇をとって、父の訪問に備えようとした。この訪問には重要な意味があったからだ。ぼくを訪問する条件として、未婚のままひとりの女性と同居していることを認めるよう、父に迫ったのだ。これはアラブ人にとって、共産主義者以上に受け入れがたいことだ。共産主義者はアラブでもちゃんと結婚し、目立つことなく社会の規範をすべて守っている。アラブでは個人主義者は——同じ人間が集まる社会のなかでひとりだけ目立つ者は——危険人物と目されるのだ。

　ぼくの父はおべっか使いではなかった。何の約束もしなかった。そのままぼくのところに来て、ぼくのところが気に入らなかったらホテルに移る、と言っていた。金は充分に持っていたのだ。

　しかし父は、自分が遅刻して、そのせいでぼくの伴侶であるヨーロッパ人女性に悪い印象を与えるのではないかと心配するあまり、空港に毎日、もっと早い便はないかと問い合わせ、しまいには自分の予約を変更してしまった。しかし、そのことをぼくに知らせなかったのだ。何とかしてぼくのところに来られるだろうと、父は確信していた。

　フランクフルトに到着した父は、バスと電車でぼくのところに向かい、問題なくアパートの玄関の前まで来た。隣人たちはぼくの父が来ることを知っていたし、うちのアパートの鍵を開けてくれてもよかったのに、知らない振りをした。老いた父はフランス語で話そうとしたが、隣人たちは理解できない振りをしたのだ。こうした冷淡な態度にがっかりして父はホテルに行き、散歩の途中で毎日アパートに立ち寄っては、隣人の部屋のベルを鳴らし、ぼくがもう旅行から戻ったかどうか、丁寧に尋ねた。

　戻ってきてそれを聞いたぼくは、どんなに立腹したことだろう！　メインストリートまで歩いていき、そこで父に出くわした。父はぼんやりと、骨董品屋のショーウィンドウに飾られた絵を眺めていた。ぼくを見た父は、喜びのあまり泣き出した。ぼくに何かが起こったのではないか、隣人たちはただ父に気を持たせているだけなのではないか、と思っていたのだ。隣人たちが父を入れてくれなかった理由はあまりに見え透いてバカげたものだったので、ぼくたちは隣人との関係を断ってしまった。食事のあと、大いに驚かされるできごとがあった。おいしいワインとコーヒーを飲んだあと、ぼくは父に、どうやってひとりでドイツの公共交通機関を乗

りこなせたのかと尋ねたのだ。

「すばらしいよ、すべてがきちんと組織されているじゃないか。なんて偉大な文明なんだ！アラブにいたら、ちょっと移動するだけで300ものスタンプと、種類の違う5枚の切符が必要だっただろう。しかしドイツ人は賢いね。1枚の切符だけで足りるんだ。一度チェックするだけで、他の人はもう事情をわきまえているんだ」

これまで一度も飛行機に乗ったことのなかった父は、航空券を買っただけで、それを持って空港からフランクフルト中央駅へ、さらに列車でハイデルベルクの中央駅まで来たのだった。誰も父の切符を検査しなかった。ハイデルベルクに着いてから、父はぼくたちのアパートに来るために路面電車に乗った。そして、ほほえみながら、ドイツの文明に感心しながら、アパートの前にたどり着いたのだ。父はずっと、無賃乗車を続けていたのだった。

そんなとき、どんな態度をとればいいのだろう？　当該人物を啓蒙し、彼の喜びを台無しにすべきだろうか？　ぼくは父をよく知っていた。彼は誇り高く信心深いカトリック教徒だった。真実を知ったら、ひどく恥じ入ったことだろう。父のような人間に真実を伝えなければ、不道徳な行いをすることにはなるが、相手の小さな喜びを損なうことはない。ぼくは、不道徳な行いを選んだ。

図太い神経

復活祭の日曜日。ミサのあと、人々が教会の中庭にたたずんでいた。毎年そうなのだが、誰かが笛を取り出す。するとまもなく、最初の一団がはしゃぎながら、輪になって踊り始めるのだった。

やがてふたつの輪ができるほど、たくさんの人が踊りだす。そしてぼくたち子どもにとっては、見物の場所がどんどん狭くなっていくのだった。子どもたちはカエルの視点で、どんどん奔放に跳びはね、踊り狂う大人たちの群れを見つめる。兄とぼくは1メートルほどの高さの噴水の端に立って、踊る人々を上から見下ろしていた。

ぼくたちは大いに笑い、他の子どもたちが噴水の上に登るのを手伝った。まもなくすべての子どもたちが噴水の端に立つ。水盤の水は50センチにも満たない深さだった。その水は、太陽の熱で緑色の藻が茂る粥のようになっていた。

突然、ひとりの酔っ払いがねずみ花火に火を点け、踊っている人々のなかに投げ込んだ。人々は恐怖の叫び声をあげ、わめいたり後ろへ跳びすさったりしながら、ぼくたち子どもを水のなかに突き落とした。水から引き出されたぼくたちは、緑色のねずみのようだった。大人たちはぼくたちのことを笑い、からかって喜んだ。ぼくはひどく泣いた。何人かの女性や男性が、よそ行きの服から汚れを拭うのを手伝ってくれたが、服はそれでも緑色で、おまけにびしょ濡れだった。ぼくたちはそんな格好で家に帰りたくはなかった。

そこで周辺の野原に行き、服が乾くまで散歩しようとした。太陽がとても強く輝いていたので、ぼくたちからはまもなく奇妙な湯気が上がり、妙な匂いがし始めた。

最初の果樹園にやってきたとき、もう杏がビー玉くらいの大きさになっていたので、ぼくたちは喜んだ。まだ熟していない杏を盗もうと言いだしたのが誰だったか、もう思い出せない。ぼくは木登りがうまくなかったが、ファディが手伝ってくれた。ぼくはあっというまに、1本の杏の木の上に登っていた。ファディは番人が来ないか、注意することになっていた。祝日にはたくさんのハイカーたちが果樹や野菜畑のものを盗むので、番人がとりわけ目を光らせていたのだ。

ファディ自身がぎょっとしながら「逃げろ、番人が来るぞ」と叫んだとき、ぼくはまだ杏を3つ取ったか取らないくらいだった。

ぼくはすぐに跳び下りたが、上着が太い枝にひっかかってしまった。それから何かが裂ける恐ろしい音がして、ぼくは頭から地面に落ちた。でも両手で自分の体を受けとめて、風よりも早く番人から逃げた。番人はぼくの数歩後ろまで迫っていて、大声で罵っていた。ぼくの逃げ足はどんどん早くなり、ガゼルのように生け垣や外壁を飛び越えていった。

疲れ切り、完全に息を切らせて、ぼくたちは果樹園から遠く離れた舗装道路で立ち止まり、ようやく安全を確保することができた。そこで初めて、ぼくは何が起こったかに気づいた。ぼくの上着は上から下まで、まるで鋭いはさみで切ったかのように、ジグザグに裂けていたのだ。ファディはそれを見て青ざめたが、ぼくはそんなに気にしなかった。うちの近くには繕い

専門の仕立屋がいて、母がその人の腕をいつもほめていたのを知っていたからだ。そんなわけで、ぼくは屈託なく上着を腕に掛け、ぶらぶらと家の方に歩いていった。

家に着いてみると、なかには誰もいなかった。両親はいつものように、復活祭の祝いで祖父母のところに招かれていたのだ。ぼくは急いで服を脱ぐと、丁寧にたたんで袋のなかに突っ込んだ。汚れたシャツは洗濯物のなかに入れ、顔と手足を洗い、髪をとかしてパジャマを着、ソファに横になった。本を読み、ラジオを聞いて退屈を紛らわし、午後、母が帰ってくるまで待っていた。母はぼくを見てびっくりしていた。「なんてお利口なの！」母はいたずらっぽく言った。その当時、うちでは毎日、子どもたちに関する大騒ぎが二度起こっていた。ひとつは、服を脱いで風呂に入れ、と促されるとき。ふたつめは、もう遅いから寝なさい、と指図さ

れるとき。そしていま、天気のいい祝日でカタツムリでさえ外に出てくるようなときに、ぼくが午後の3時にもかかわらずおとなしくパジャマを着て、ソファの上にいたのだ。

「うん、晴れ着を汚したくなかったんだ、それで……」と、ぼくは嘘をつこうとした。

「晴れ着を持ってきなさい！」母がいぶかしそうにぼくの言葉を遮った。

「あ、もう掛けておいたよ！」

「晴れ着を持ってきなさい！」母は真剣な様子でくりかえした。どんな言い訳も無駄だとぼくは悟って、立ち上がり、晴れ着を持ってくると、さんざんな目に遭ったことを泣きながら訴えた。

母は怒りのあまり我を忘れそうになり、すぐにぼくの方が母をなだめなければならなかった。両親とはそんなものだ。彼らは往々にして、子どもほど図太い神経を持っていないのだ。

一生のあいだ、よその国で

スレイマンの帰郷は、あらゆる点から見てひとつの事件だった。この界隈で「バカ」の代名詞のような人間がいるとすれば、それはスレイマンだった。彼は「スズメの脳みそのスレイマン」と呼ばれていた。気の抜けたまなざしで、どんな話を聞くときも目はぼんやりとしており、15年のあいだに20もの職に就いたけれど、少しも裕福にならなかった。母親の小さな家を相続したこと、妻がある程度裕福な農家の出だったことは、なんという幸運だっただろう！そのおかげで4人の子どもたちは、父親の無能にもかかわらず、お腹を空かせずにすんだ。ふたりの女の子は母親に似て大変な美人だったが、ふたりの男の子は同じ路地に住む人々からは、不幸な父親の完全なコピーと見なされていた。

突然、スレイマンが姿を消した。サウジアラビアで仕事を見つけたという話だった。その当時、サウジの人々はまだアラブ人を雇っていたのだ。外国人労働者としてのインド人やパキスタン人、韓国人などはまだ「発見」されていなかった。

スレイマンは10年間、不在だった。彼の妻は白髪を染め始めた。彼女はこのあたりで一番の美人で、彼女の愛人について、人はあれこれ囁いていた。その際、ほんのちょっとだけ誇張を加えるのだった。

スレイマンは急に戻ってきた。異国にいて、年齢の2倍も年をとっていた。彼はその界隈をムガール皇帝のように威張って大股で歩き回った。顔を上げ、腕にはものすごく大きな金時計をつけていた。それだけじゃない。彼は怒った顔で路地の真ん中で立ち止まると、仕立屋のハキムの名を、まるで相手が難聴ででもあるかのように大声で呼んだ。「10年間留守にして戻ってきたら、何てものを目にするんだ？　この路地は昔と変わらないし、住人たちはあいかわらず、通行人の頭にゴミを投げつけている」

スレイマンはサウジアラビアからダマスカスまでの無限に長い道のりを、暑さに耐えつつ車を運転してきて、それをここで満足げに見せびらかし、優雅に降りてみせるつもりだった。しかし、その車は幅が広すぎて、路地を通り抜けるには不向きだった。スレイマンは5本も離れた通りにその車を停めた。まもなく、スレイマンに招待されて車を見に行った何人かの隣人たちが、その車のことをほめたたえ始めた。中古車ではあったが、考え得る限りの最新設備を備えた豪華なリムジンだったのだ。運転席の物入れには、小さな冷蔵庫までついていた。車の座席や窓や屋根を運転席から電動で動かせるのだと、スレイマンは男たちにやって見せた。

「あと数日したら、現代的な家具をいっぱい積んだ大きなトラックも到着する予定だってさ」。隣のおばさんは、羨ましそうにぼくに話した。

その日、ぼくの父は完全な敗北者に見えた。父がスレイマンを評価したことはなかった。父は無言で、サウジアラビアから戻り、以前の仕打ちに対して復讐しようとしているらしい成金についての報告を聞いていた。スレイマンはカフェに入って、こう叫んだそうだ。「ここにいる紳士方に、俺のおごりで一杯」。店主は大喜びしたそうだ。以前はスレイマンをバカにしていた

113

人々の多くが、いまではスレイマンとすれ違う
ときに立ち止まり、卑屈に挨拶していた。

それから、ぼくたちの界隈ではまだ誰も見た
ことがないような家具を積んだトラックがやって
きた。巨大な壁一面を覆うユニット棚、小さ
な舞台のように見える円形のダブルベッド。電
化製品も巨大だった。スリードアの冷蔵庫、怪
物のような洗濯機、羊の群れひとつ分のモモ肉
が収まりそうな冷凍庫。馬力のあるトラックが
6台、遠く離れた駐車場からスレイマンの家ま
での途上で、家具の重みに耐えてうなり声を上
げていた。ともあれ、ここが旅の終着点なのだ。
ところが、家具はどれひとつとして家のなかに
運び込めなかった。玄関のドア、曲がり角の多
い廊下、急な階段や小さな窓には、どんな手も
通用しなかった。路地に山と積まれたかさばる
商品は、夜遅く、またひとつずつトラックのな
かに戻さねばならなかった。

2日後、スレイマンの家族はぼくたちの路地
から引っ越していった。彼らの家は不動産屋が
売り払った。スレイマンは相場以下の値段で家
を手放すことになったが、別の移住者が最後ま

で建てることのできなかった美しい家を新市街
で買い取ることができた。スレイマンはサウジ
アラビアでの仕事を通じて、持ち帰った家具が
すべて収まる新しい家を買うために、銀行から
50万ドルのクレジットを認められたという話
だった。「あれは巨大な廃墟だよ」。前の持ち主
を知っているうちの父はコメントした。

スレイマンはまもなく、クレジットの返済を
するために働くべく、サウジアラビアに戻って
いった。4階建てのモダンな家を完成させ、そ
のうちの3階までは貸し出して、昔の大臣のよ
うな暮らしを楽しもうという、野心的な計画を
持っていた。

しかし、それはうまくいかなかった。5年後、
スレイマンの妻は子どもたちと一緒に田舎の両
親の許に引っ越さなくてはならなかった。もう
すぐ借金を返し終わるくらい金が貯まるから、
とスレイマンはくりかえし妻に書き送ったらし
い。

しかしそれは、移民の歌のなかで好んでくり
かえされるフレーズに過ぎなかったのだ。

片目のロバ

マルーラ村にはかつて、たくさんの土地を旅したことのある裕福な農夫がいた。戻ってくるたびに異国での自分の冒険について語り、他の農民たちは彼をとても尊敬していた。農民の多くは、外の広い世界を見たことがなかったからだ。裕福な農夫は、自分がこの村で一番賢いと思っていた。村で一番の年寄りでさえ、彼に反論しようとはしなかったからだ。彼は若くて賢い女性と結婚したが、彼女に敬意を払うことがなかった。妻が彼に忠告を与えようとすると、それを遮るのだった。「黙れ、お前からの忠告なんて必要ない。自分の方がよくわかっているんだから」

あるとき、農夫は旅の途中で、100ピアストル出して片目のロバを買った。妻はこの不当な取引に呆れかえり、あなたは都会の人間にだまされたのだ、と夫に説明しようとしたが、夫は妻を怒鳴りつけた。「お前に商売の何がわかる？　このロバはただの運搬用動物じゃない。賢いやつなんだ。いまにわかるさ」。彼はロバに、最上の穀物を食べさせた。しかし、このロバは卑しい動物だった。妻が近づくたびに暴れ回った。妻がそのことで文句を言うと、農夫はあざ笑った。

「このロバはお前より賢いし、役に立つんだ」と農夫は言い、自分が近づくとロバがどんなにおとなしくなるかを見せた。事実、ロバは自分の主人に対しては、何を命じられてもその意に従うのだった。妻はロバを憎み始めた。まもなく、農夫はまた旅に出ることになり、妻にこう命じた。「ロバをよく気遣ってくれ。飢えさせてはならんぞ。ロバに対する仕打ちは、俺に対す

る仕打ちだからな」。昼ごろ、洋服や装飾品を家々に売り歩く商人が来た。美しいネックレスと上等の素材でできたワンピースが、妻の気に入った。妻はその代価として、即座にロバを差し出そうとした。商人は栄養の行き届いたロバを見て、ようやくこれで疲れた背中に背負った重い洋服の束から解放されると思い、ロバを受け取って引いていった。1週間後、農夫が戻ってきた。妻は美しいワンピースを着、ネックレスで身を飾っていたが、農夫は興味を示さなかった。「おい、ロバはどこにいる？」

「愛しいあなた」と妻は答えた。「あなたがおっしゃったとおり、餌をやろうとしてロバに近寄りました。一番いい大麦を持っていったのですが、何ということでしょう？　ロバはいつのまにか、裁判官に変身していました。もうこれ以上臭い家畜小屋に住んで、太った腹をした農夫を乗せるつもりはない、と言うんです。あの呪われたロバはそう言うと、人々を裁くために街に行ってしまいました」「感謝知らずの畜生め！　誰が主人で誰がロバか、あいつにわからせてやる。どこにいるか、お前に言っていったか？」「ええ、首都の裁判所です」

「ようし、見てろ。連れ戻してみせる！」男は叫ぶと、近くの首都まで急いで歩いていった。そこで裁判所の場所を尋ね、立派な建物を見ると、思わずうめいた。「もちろんここにいた方が居心地はいいだろう。だが、飼い主は俺だからな」

農夫は1束の草を手に取ると、部屋から部屋へと探し歩き、ついに片目の裁判官を見つけた。

農夫はホールに歩み入り、草を振り回して叫

んだ。「来い！　来いったら来い！　忌ま忌ましいやつ、俺のところで食った大麦を忘れたか？　来い！」法廷に座っていた人々が、彼に尋ねた。「あんた、何を言ってるんだ？」「裁判官はうちのロバなんだ」農夫は答えた。「うちの妻をだまくらかしたんだ。バカなかみさんでね。だが、ロバは俺のことも罵った。いまではここに座って裁判官の振りをしている。俺はだまされないぞ！　来い、ろくでなし、来い！」農夫はまた叫び、裁判官の方に歩み寄ろうとした。

「裁判官が本当にあんたのロバだって、どうしてわかるんだい？」居合わせたひとりの男が訊いた。「片目だからだよ」農夫はきっぱりと答えた。人々は笑った。「ロバはお前の方だ！　わかってるのか、この裁判官殿は指の合図ひとつでお前を絞首台に送ることもできるんだぞ？お前の言葉が彼に聞こえなかったことを喜べ、このバカ者！」人々は農夫を外に放り出した。

その間に裁判官は廷内の騒ぎに気がつき、その理由を尋ねた。頭のおかしい農夫について、誰かが裁判官に話した。賢明さで知られる裁判官は、その話を聞いてほほえんだ。「その男を連れてきなさい！」裁判官は命令した。

農夫は不安で体を震わせた。

「心配するな、近くに来るがよい」。裁判官は農夫をなだめ、彼がすぐ近くに立つと、小さな声で尋ねた。「ロバとして、わたしにはどれくらいの価値があったのかね？」「500 ピアストルです、裁判官さま！」農夫は喉をからからにしながら言った。「よろしい、ここにその500 ピアストルがある。これを持って家に帰りなさい。しかし、おとなしくして、このことは誰にも言うんじゃないよ。そうでなければ、もう裁判ができないからね」

裁判官は農夫に金を渡し、農夫はほっとしてそこから立ち去った。家に戻ると妻が尋ねた。「いったい何を手に入れたの？」「俺はお前に言っただろう？」農夫は答えた。「あのロバはただの運搬用動物じゃなかったんだ。あの畜生は美しい椅子に座って、人々を裁いていた。俺が賢くなければ、あいつは俺を絞首台に送るところだった」。男の自慢はこれで最後だった。それ以来、夫は妻の言うことをよく聞き、人生の終わりの日まで幸せに暮らした。

二度目の親離れ

ハマーム（注：いわゆるトルコ風呂、アラブによく見られるミストサウナ）には男の日と女の日があった。いまでもそれは続いている。子ども時代のぼくにとっては、女の日の方がずっと素敵だった。10歳までは、母と一緒にハマームに行くことができた。男の日に父と行くこともあったが、男たちはただ入浴し、静かに座っているか、商売や政治の話をするかだったので、子どもにとっては退屈なだけだった。

女たちの様子はそれとはぜんぜん違っていた！　彼女たちは笑ったり、話をしたり、お祝いしたり、食べたり、熱心に体の手入れをしたりしていた。ぼくはここで、どうやったら他の人だけでなく自分自身をも愛せるか、という人生最初のレッスンを受けたのだ。女たちがそこでやっているのは手入れだけではなく、体をくすぐって、気持ちよさのあまり、ひとつひとつの毛穴が笑いだすようなことだった。それに彼女たちがそこで語り合う体験は、世界中の心理学の本を全部合わせたよりも豊かな内容だった。年かさの少年たちは、ぼくがハマームに行ったあとに会うと、どんな話を聞いたか根掘り葉掘り質問し、女たちの秘密をすべて探り出そうとした。彼らはよく、毎週水曜日に女たちとハマームに行くぼくたち年少者をアイスやナッツやお菓子で買収し、彼女たちの艶話（つやばなし）や悪巧み、体の話などを詳しく語らせようとするのだった。ぼくが言葉の力を知り、嘘つきの名人になったのは、その当時のことだ。というのも、ハマームの女の日にはまったく無害な話しか聞けないこともしばしばだったが、そんなことを伝えたら年かさの少年たちは何もくれなかった

だろう。だからぼくは信じられないような話をでっち上げ、この世には存在しないような肉体を描写してみせた。そして、話が一番おもしろくなったところで止め、「喉が渇いたな。レモネードを飲みたい。じゃなきゃ、もう話さないよ」と言うのだった。17歳か18歳の若者たちが、ぼくみたいなちびっ子の機嫌をとろうとしているところを見せたかったな！　でも、水曜日のハマームが好きだったのは、その理由だけからではない。ぼくはそこで、初めて恋に落ちたんだ。相手はアイーダという名前だった。まだ13歳だったけれど、もう大人の女性みたいに成熟していた。ぼくは青白くて小柄なせいで、実際より子どもっぽく見えた。想像してみてごらん、彼女はぼくを離れた更衣室（注：この場合の更衣室は、ひとり用の小部屋になっている）に引っぱっていって、結婚した男女がどんなことをして愛し合うか、見せようとしたんだよ！　ぼくはこの更衣室で、初めて口にキスされた。愛し合う方法はアイーダにもよくわかっていなかったが、ぼくに胸をぎゅっと押しつけたので、ぼくは彼女のすばらしい褐色の肌を感じた。その肌からは特別に心地よい香りがしたものだ。香水をつけていたわけではなく、汗のにおいだったのだけれど、ぼくにとってはうっとりする香水のような香りだった。ひょっとしたら勘違いかもしれないけれど、その後はもう二度と、そんなすばらしい香りには出合わなかったように思う。

管理人のおばさんがぼくたちを見つけ、次のような言葉でぼくを叱責した。「ナビルったら、しょうのない子ね、アイーダのお母さんが何と

言うかしら？」アイーダはぼくの手を握ったまま隣に立っていたが、自分が怒られているとは感じていないようだった。管理人のおばさんがくすくす笑いながら立ち去ると、アイーダはぼくをまた更衣室に引っ張り込んだ。

「でも、きみのお母さんは？」ぼくは心配になって尋ねた。

「ママのことなんか心配しなくていいわ。さあ、いらっしゃい！」と、彼女は答えた。

「ぼくのことが好きなの？」と、アイーダに訊いてみた。「ええ、でもあんたとは結婚しない」というのが答えだった。いまでもまだ、この奇妙に冷めた答えが耳に響いている。他の人たちのところに戻ると、管理人のおばさんはちょうどアイーダのお母さんをマッサージしているところだった。おばさんは目を上げると、笑いながらアイーダのお母さんに、ぼくたちが更衣室で悪さをしている現場を見つけた、と話して聞かせた。

「悪さをしている現場って何のこと？　まだ子どもじゃないの。アイーダは何にも知らないわよ」お母さんは無造作に答えた。

いまなら、娘の最初の官能的な体験を、母親が認めてやりたがっていたのだとわかる。

それ以来、水曜日ごとに、ぼくはハマームへ行くのと、とりわけアイーダに会うのを楽しみにしていた。彼女は道端で会ってもぼくと話そうとはしなかったからだ。道ではまるで知らない者同士のように振る舞うのだった。ハマームで服を脱いだあとでようやく、彼女はもの言いたげなほほえみを浮かべてぼくを見つめ、合図を送るのだった。そして、ぼくたちは更衣室で

探しに出かけた。ときには、ぼくとアイーダがふたりして姿を消すのを、女たちが喜んで眺めているような気がした。おそらく、ぼくたちのいないところで、子どもには聞かせられないような話をしていたのだろう。

ある日、ぼくはアイーダに、「どうして道で会ったときにはぼくを無視するの？」と、尋ねた。すると彼女は驚いたようにぼくを見、尋ねた。「あんたってまだ小さなおバカさんなの？」そして、ぼくが理解していないらしいのを見てとると、さらに続けた。「あんたのことは大好きだけど、大人の男たちに知られてはいけないのよ。だって、そうしたら男たちはわたしと結婚したがらないでしょ。昨日、わたしと結婚したがってる金持ちの歯医者が両親のところに来たのよ」

「きみはまだ学校に通ってるじゃないか」ぼくは言った。「高校を卒業したら、ぼくがきみと結婚するよ！」ぼくは泣きそうになっていた。

「あんたって、ほんとに小さなおバカさんなのね。あんたのことなんて、待っていられない。わたしはいまが一番きれいなんだし、男たちはいま、わたしと結婚したがってるの。将来どんなふうになるか、誰にもわからないしね」。事実、男たちはアイーダの実家に押しかけた。アイーダはまもなく20歳のような外見になったからだ。彼女はその界隈で一番美しい女の子のひとりだった。しばらくして、アイーダは南部出身の金持ちの商人と結婚した。そのときまだ15歳にもなっていなかった。何年も経ってから彼女と再会すると、恐ろしく太っていた。

ハマームで女たちと過ごす日々も、いつしか

終わりを告げた。その男の子は一緒に入浴するには成熟し過ぎている、ということに女たちは気づく。性的興奮の兆候などが現れるよりずっと前に、そのことに気づくのだ。その子から無邪気なまなざしが消えたとたん、女たちのハマームを去る日が来る。ちょうど石けんで体を洗っていた隣のおばさんの警告するようなコメントを、ぼくは聞き流した。彼女は北部の出身で、ブロンドで青い目をしていた。ぼくは彼女をちょっと長く見つめ過ぎたのだろう。

「お宅の息子さんにはもうすぐ花嫁が必要ね」と彼女はぼくの母に言い、けらけらと笑った。翌週の水曜日、ぼくはいつもと同じくせっせと石けん、タオル、櫛とスポンジをカバンに入れ、母よりも前に中庭に出ていた。しかし母は、首を横に振った。「今日からは、男扱いよ。お父さんと一緒にハマームに行きなさい」と彼女は言い、ぼくの妹と一緒に、路地で待っている女たちのところに急いで行った。ぼくはひとりで中庭に突っ立って泣いた。それはぼくにとって、へその緒を切って以来の二度目の親離れであり、楽園からの追放だった……。

デパートであって――バザールではない

値段交渉というのは生活に必要不可欠ではあるけれど、中近東の人々はそのことを楽しみと結びつけている。それは、現代のドイツ人には理解しにくいことだ。値段交渉の際、中近東の人々は次のような技を使う。話す、演じる、力関係を測る、そしてくりかえし、袋小路から十字路を作り出してみせる。その報酬として、交渉のあいだじゅう、経済的な利益が目の前にぶら下がっているのだ。

預言者マホメットのルーツが商売にあったこと、それに対してイエス・キリストが金と商売に対してはよそよそしい態度（「カイザルのものはカイザルに返せ」）や否定的な態度（「神殿から商売人を追い出せ」）を取っていたことは、念頭におくべきだろう。この点については、実は古代ローマの監察官のごまかしが問題になっているのではないかという正当な疑いをぼくは抱いているが、商品を値切ることに対して現代ヨーロッパ人が奇妙にためらうという事実は変わりようがない。

というわけで、イスラム教徒たちは値段交渉の際には、キリスト教徒よりもユダヤ人に近い立場を取る。そして中近東のキリスト教徒は、ヨーロッパの信徒たちよりもイスラム教徒に近い立場だ。

ぼくは午前中ずっと、新しいセーターを手に入れるのを楽しみにしていた。ゆったりとエスプレッソを飲んだあと、いくらか品質のよいものを売っているデパートに向かってぶらぶらと歩いていった。欲しいセーターはすぐに見つかった。値札によれば250マルク（注：マルクとペニヒはユーロ導入以前のドイツで使われていた通貨単位）だ。

「すみません、このセーターはいくらですか？」ぼくは若い店員に尋ねた。

ダマスカスにいる商人なら、これで大喜びするところだろう。値段を尋ねるのは興味がある証拠だし、会話してくれる客とは商売が成立するからだ。しかし、ドイツの店員は驚いたようにぼくを見つめた。「値段はここについていますよ」と彼女は言い、ぼくの方に歩み寄ると値札を見せた。「250です」

「よろしい」とぼくは言った。「100払います」。これは通常の値引き交渉のルールよりも多い額だったが、ぼくは彼女を長く引き留めたくはなかったのだ。ダマスカスなら客は提示された額の3分の1を払うのが普通だった。半分も払うのは観光客だけだ。

ダマスカスなら、どんな商人でも喜んだだろう。最初の3分の1はほぼ確実に入ってくる。あとは残りの3分の2のうちのいくらかでも得ようとがんばるのだ。いまこそ、値段交渉が始まるわけだ。

しかし店員はぼくの提案を喜ぶ代わりに、ぎょっとしていた。ぼくの耳が悪いと思ったのか、前よりも大きな声でしゃべりだした。「200と……50です」

「よろしい、けちけちしたくはないので、110払いましょう」

店員は笑い、あたりを見回した。どこかにどっきりカメラが隠されていると思ったのかもしれない。彼女はぼくに値札を見せた。「110ってどういうことですか？　ここに250と書いてあって、1ペニヒもまけられません。ここはバ

ザールじゃないんですから！」

「いいえ、マダム。5階建てのデパートはまさしくバザールですよ。ただ、縦に作られているだけです。それだけです。値札、値札って」ぼくは自分の声の調子で、「値札」という言葉をできるだけ滑稽に発音しようとした。「生きている人間に比べたら、値札は何てつまらなく味気ないものでしょう！　わたしたちの国では、『人生はギブアンドテイク、質問と答えから成り立つ』と言いますよ。あなたが譲歩して下されば、わたしも譲歩します。ごらんなさい、あなたは親切な人ですし、今日はまだいい商売が成立してなさそうなので、わたしは120払います。よろしいですか？　譲歩して下されば、この店の常連になりますよ」

「どうやって値引きするんですか？　常連ですって？いいえ、ほんとうに無理です」店員はほとんど詫びるように言った。

ぼくは母の忠告を思い出した。「店員が若い場合には、あんたが教育してやらなくちゃ。少し値段を上げてやるのよ——ひょっとしたらほんとうにそれだけの価値がある商品かもしれない——そして、いつでも恥をかかずに引き下がれるように、ドアを開けておいてあげるの。それから不機嫌な声で『これが最後です！』と言いなさい。そうすれば、商人も気がついて、あんたに譲歩してくれる」

そこでぼくは、店員に向かってほとんど脅すように、「150、これが最後です！」と言った。

彼女は困惑してぼくを見つめた。「最後だなんて」と彼女は驚いてくりかえした。「言いたいことを——おっしゃればいいわ」

そこで父の貴重なアドバイスが思い浮かんだ。「かなり飲み込みの悪い商人もいるんだ。そんな場合、どんな手段も役に立たなかったら、次の方法がうまくいくと保証するよ。念のため、少しだけ値段を上げるんだ。それによって勇気と決断力をアピールすることになる。それからこう言う。『これがわたしからの最後のオファーです。これがダメなら別の店に行きます』。ゆっくりとそこから離れていき、けっして振り向かない。そうしないと、その商品をぜひ欲しがっていることが相手にわかってしまうからね。そう、だからゆっくりと離れていきなさい。そうしたら商人の方から声がかかって、いくらか妥協してくれるだろう」

ぼくはドイツの店員にもこの方法を試そうとした。「いいですか、170払います。少ないと言うんですか？　もしいま妥協してくれないなら、別の店に行きます。その店だってセーターは見つかるでしょうからね」

「どうぞ別の店に行って下さい。ここで誰が引き留めるというんです？」彼女は答えた。ぼくはずるずると足を引きずりながら、亀よりもゆっくりと外に出て、振り向かなかった——しかし、彼女からの声がかかることはなかった。

キリギリスは歌い続ける

ずっと前に祖母が、勤勉なアリと怠け者のキリギリスの有名な話を聞かせてくれた。キリギリスは夏中ただ歌ったりバイオリンを奏でたりしていて、冬になってから空しく食べものを乞い求めたのだ。祖母が話し終わったとき、ぼくは尋ねた。「それでキリギリスは、冬はどうやって暮らすの？」祖母は目を丸くしてぼくを見つめてから、やさしく答えた。「おちびさん！　キリギリスは冬には死んでしまうのよ。怠け者はみんな、そうなるの。さあ、もう寝なさい」。でも、ぼくは眠れなかった。アリよりもキリギリスの方が好きだったけれど、それがなぜなのか、祖母に説明することはできなかった。あの夜、ぼくは決心した。冬を生き延びるキリギリスが1匹だけでもいないかどうか見るために、冬中待ってみよう、と。

それは暑い6月の夜だった。とても蒸し暑くて、枕には釘が入っているみたいだった。ぼくは眠れなかった。突然、キリギリスの元気な歌が聞こえてきた。ぼくは跳び起きて、中庭に出て行った。そこでは何匹ものキリギリスが歌を聴かせ合っていて、ぼくは驚きながらそれに耳を傾けた。ザクロの木の下にいる1匹は、とりわけ持久力があって、一番長い曲を演奏していた。2番目はどこかゴミ箱の後ろにいて、特別鋭い音の楽器を奏でていた。3番目は木の階段の下のガラクタのなかで音を立てていて、絶えず他のキリギリスの曲に邪魔をされていた。

ぼくは、屋外で古いマットレスに横になって眠っている祖母のところに走った。「おばあちゃん！　キリギリスは生きてるよ！」ぼくは祖母の肩を揺すった。祖母はぎょっとして目を覚ました。

「それがどうしたの？」祖母は不機嫌に尋ねた。

「だって、キリギリスは冬に死んでしまうって言ったじゃない！」ぼくは怒って叫んだ。

祖母は白髪の多い頭を掻いた。「坊やったら！　もちろんキリギリスは生きてるさ。あれはただのお話なんだから」

「じゃあ、嘘をついたんだね！」ぼくは祖母に向かって怒鳴った。

「もう寝なさい、坊や、遅い時間なんだから。あんたの怒鳴り声で起こされたら、お父さんが怒るよ」

ぼくは黙ってベッドに戻った。でも、またもや眠ることはできなかった。キリギリスが冬を生き延びたことを喜びながら、祖母が嘘をついたことを悲しんでいたのだ。

バラーディ

　亡命というのは、公共の平穏を害する獣のようなものだ。殺人の欲望を穏やかさとメランコリーに包んで隠し、何の予感も持たない人にいきなり飛びかかって、その首の骨を折る。しかし、その獣の危険性を承知の上で注意深く手なずける人に対しては、サーカスのライオンやトラのように、すばらしい瞬間が約束されているのだ。亡命は、『憧れは無賃乗車』という本と、故郷のマルーラ村についての本を、ぼくにプレゼントしてくれた。亡命先の国の言葉に、ぼくは文学的故郷を見出した。そしてその言葉を通して、翻訳先の16の言語の人々を楽しませることができる。猛獣使いとしては、これ以上何を望むべきだろう！

　新しいプレゼントは言語と関係があり、あちこちをさまよって痕跡を残していく流浪の言語と関わっている。ぼくの読者のうち何人かはきっと、アラビア語由来のドイツ語単語がたくさんあることを知っているだろう。アルカリ、バナナ、暗号（シフレ）、ドラッグ、エリキシール（注：甘い芳香のあるアルコール剤）、フリース、ギプス、ヘナ、生姜（イングワー）、ジャケット、コーヒー、リュート、マガジン、ナトロン（注：ソーダ石）、オパール、オウム（パパガイ）、米（ライス）、ソファー、料金表（タリーフ）、綿（ヴァッテ）、砂糖（ツッカー）などがそうだ。今日日常的に使われているドイツ語の単語のなかで、アラビア語由来のものはあと2〜300ある。つい最近も、調教された獣である亡命は、新しい認識でぼくに報いてくれた。このドイツで、アラビア語の「バラード」という言葉の起源について知ったのだ。実のところ、アラブ人にとっては「バラード」という言葉ほど本源的で、民族固有で、土着のものは存在し

ない。その単語は町や集落を意味しており、転じて国や故郷を表す。自分の故郷や町を表す「バラーディ」という言葉は、恋人を指す「ハビービ」の次に多く、アラビア語の歌に頻出する単語だ。もしも誰かが自分の——ぼくたちの——「バラーディ」について話すなら、その話には信頼がおける気がする。その言葉は完璧にアラブ人の舌にフィットしているので、アラブ人としてこの言葉をゆっくり発音する際には、この単語の内容と感情的な重みを味わえるほどだ。しかし、残念ながらこの言葉の起源は、アラビア語でもアラム語でもヘブライ語でもペルシャ語でもトルコ語でもない。ぼくたちの誇りである「バラード」、アラビア語の宝石のようなこの言葉は、ラテン語の「パラティウム」から派生したのだ。ローマ人たちは町々を、テヴェレ川の東の屈曲部にあるパラティーノの丘にちなんで名づけたのだった。その丘の上に、ローマの始祖ロムルスは自分の町を建設し、後の支配者たちの宮殿を建てたのだ。アラビア語では、ラテン語の語尾の「イウム」は消えてしまう。ヨーロッパ語のPは常にBに置き換えられる。そして、Tはしばしば柔らかい発音に伴ってDに変化するのだ。こうして、「パラト（ティウム）」から「バラード」という単語ができたのだった。

　ドイツのプファルツ地方の名もラテン語の「パラティウム」に基づいている。そこでぼくはようやく、これまで人々が不思議がりながら何度もぼくに訊いた「きみはプファルツで何を探してるんだ？」という問いに、納得のいく答えを返すことができる。そう、ぼくは「バラーディさ」と答えるだろう。

質問は自由の子どもだ

　トゥーマが食料品店で最初の重大な質問をしたときは、まだ21歳で、歯も全部揃っていた。その場にいた誰かが、うちの界隈の出身であるブルハンのことをほめたのだ。ブルハンは10年間、軍の将校としてキャリアを積んだあと、まだ30にもならないのに一財産築いていた。すると、まだ口のなかに歯が生えていたトゥーマが、ブルハンはこの辺りじゃ単細胞で知られていたけど、週ごとの宝くじで大当たりしたのか、それとも金持ちのおばさんの遺産でも入ったのか、と尋ねたのだった。それ以上のことは尋ねていない。

　しかし、そこにいた人たちはその質問を受けて、将校の金の出所について詮索を始めた。そもそもブルハンは、高校の卒業試験では最低点だったのだ。あまりに点数が悪かったので、大学からも入学を拒否された。彼には軍隊に入る道しかなく、軍隊に入れば富豪になるのではなく、借金を抱えるのが常だ。将校の給料は、みじめなものだった。

　こうしたあれこれが、路地の人々の想像をいちどきに掻き立てた。この想像が将校ブルハンの人生にゴミのようにまとわりつき、髪の毛1本1本に泥のように貼りついた。しかし、逮捕されたのはこうした想像をめぐらした人々ではなく、トゥーマの方だった。路地に戻ってきたとき、彼の歯は10本も減っていた。

　その直後、隣人のカッシンが石油会社の11階の窓から転落し、舗石(はせき)の上で体は打ち砕かれた。彼の友人たちと妻はみな、カッシンがちょうど石油会社の陰謀を暴こうとしていたところだと知っていた。彼は、上層部からのあらゆる賄賂も断っていた。

　隣人たちは若い未亡人を見舞い、心からのお悔やみを述べた。そしてトゥーマは未亡人に——はっきりと、でもついでのように、そしてまだ22本の歯が生えた口で——あんたのだんなさんは殺し屋の標的だったのかな、と尋ねた。

　するとそこにいた人々が、まだ解決されていない殺人事件の話をし始めた。そしてまもなくその界隈の全員が、まるでシャーロック・ホームズの子孫であるかのように、話に熱を上げだした。突然誰もが、良心的な監査官を始末しようとする殺人の依頼がもっと上の階から出されたのかどうか、知りたがった。

　そしてまもなく、探偵の真似をしている人々ではなく、トゥーマが逮捕された。そして路地に戻ってきたときには、もう16本の歯しかなかった。

　そんなことが3年間続いた。どの質問の際にも、トゥーマは歯を減らして戻ってくることになり、最後には歯が1本もなくなってしまった。貧しい石工のトゥーマは、入れ歯を作らせることもできなかった。それ以降、もう誰も彼の質問が聞き取れなくなった。しゃべるときにはよだれが出ることも多かったから、近所の人たちは彼を笑いものにしたということだ。

策を弄することについて

　ぼくたちは1週間、ベイルートの伯父のところに行った。ベイルートはすばらしい町だ。ぼくは海が大好きだ。母は海をものすごく怖がっていて、ぼくが水辺に行くことを禁じた。でも伯父さんの家は浜辺にとても近くて、海の誘惑は大きかった。

　初めて浜辺から戻ってきたとき、母はぼくを怒鳴りつけた。公園に行ってた、と嘘をついたからだ。顔が日焼けしていたので海に行っていたことがばれてしまった。罰として、デザートはもらえなかった。翌日、ぼくはまた海に出かけたけれど、用心深く日陰にとどまった。家に戻って楽しげに公園の話をすると、母が「靴を脱ぎなさい」と命じて、靴から砂をはたき出した。そのせいで、またデザートがもらえなかった。その夜、ぼくはもう海には行かないぞ、と決心した。でも翌朝目を覚ますと、波の音が聞こえてきて、また外に出ずにはいられなかった。今回は、母を策略にかけることにした。ぼくは水のなかで遊び、くりかえし日陰に駆け込んだ。伯父の家に入る前にしっかりと靴をはたいて、1粒も砂が靴のなかに残らないようにした。そして、ほほえみながら家に入った。

　「なんてすてきな公園なんだ」ぼくは母に向かって挑戦するように叫んだ。母は試すようにこちらをじっと見たが、ぼくはますます庭園の美しさについて話した。母がぼくの靴をはたいたとき、ぼくは心のなかで笑っていた。すると母は言った。「いらっしゃい！」母はぼくの腕をとって舐めた。「あんた、海に行ったわね。こんな味がするのは海の塩だけよ！」でも奇妙なことに、ぼくはその日、ふたり分のバニラアイスをもらったのだった。

ぼくの物乞いの友人——1本の木

物乞いのイスマイルは風変わりな男だった。夏も冬も裸足で、子どものぼくが玄関の前に立っていると、いつも感じよく挨拶してくれて、ぼくのそばに座るのだった。ぼくが思い出せる限り、彼は年をとっていて、いつもお腹を空かせていた。ぼくは持っているものは何でも彼にあげた。ぼくの手からそれを受け取ってあまりにもがつがつと食べるので——食べながら感じよく笑ってはいたのだけれど——ついにはぼくの手まで食べてしまうのではないかと、不安になるほどだった。お腹がいっぱいになると、イスマイルはぼくの母を呼んだ。「ハリメ、あんたには祝福された息子さんがいるね。わたしがなくした幸福も、この子が受けとることになるよ」

母は美辞麗句を解する人ではなかったが、イスマイルがたったいま何かを平らげたんだろうということだけはわかっていた。

ある日、彼はぼくのそばに座って、ぼくが持っていた茹でトウモロコシを食べた。トウモロコシの粒だけではなく、軸の部分まで完全に食べてしまったのだ。でもぼくは、彼の両足を見つめていた。その足は特に汚れているわけで

はなく、埃っぽいだけだったが、ぼくの目を引いたのはそのことではなかった。足の皮膚が特に変わっていたのだ。角質層が長い年月のうちに削られ、また新しく作られて、まるで木でできた足のようだった。ほんとうに、年輪と節穴のある黒っぽい木材みたいだったのだ。足指の爪は、小枝のような乾いた爪先の先端にできた蕾さながらに見えた。

イスマイルはぼくの視線の意味に気づいた。「わたしはゆっくりと木に変身しているんだ。もうじき根が生えて、そうなったら地面のなかに入っていくよ」

「そしたらどんな実がなるの？」ぼくは尋ねた。

「色とりどりの風船と、ザクロとオリーブと、羊のチーズと皮がぱりぱりした新鮮なパン、それにハニーメロンだよ」

ある晩、彼は姿を見せなかった。道の外れにある彼の小屋は、1か月のあいだ空っぽだった。その小屋はカトリック教会のものだった。物乞いがいなくて寂しがる人間はいなかった。

でもぼくは、イスマイルがどこかに引っ越して、木になって生き続けていると確信していた。

生まれながらの道路清掃員

トルコ人のナズミとその妻のヒュリャには子どもがいなかった。夫のナズミは、30年前にドイツにやってきた。化学会社と自動車工場で何年も働いたあと、彼は駅の清掃員になった。一日中、タバコの吸い殻や空き箱、銀紙、空き缶や空き瓶を拾い、日に3回、駅のホールを回転式ブラシ付きの清掃車で走り回った。

毎週金曜の晩になると、ナズミは箒を置いてできるだけ早く家に帰るのを楽しみにしていた。

どんなことがあっても残業や不法労働はしたくないと思っていた。彼は勤勉でいつも上機嫌だったので、会社やレストランからの仕事のオファーはたくさんあった。でも、すべて断っていた。

彼の妻もガソリンスタンドの清掃の仕事をしていて、金曜日はいつも休みだった。この日、彼女は夜が来るまでに、居間を色彩と香りの宮殿に変えるのだった。部屋を飾り、1週間チェストにしまっていた色とりどりの布を装飾に使うのだった。そして部屋のまんなかに、サモワール（注：ロシア特有の卓上湯沸かし器）と水パイプを囲むようにクッションを半円形に並べた。

金曜の晩にナズミが戻ってくると、ふたりは共謀めいた笑いを浮かべた。そして、パーティーが始まるのだった。ナズミはトルコの歌が入ったカセットをかけ、妻は香を焚いた。ふたりはシャワーを浴び、カラフルで着心地のよいオリエントの服装に着替えた。その瞬間からナズミは妻を「奥さま」と呼び、妻は夫を「だんなさま」と呼んだ。ふたりは食事をし、タバコを吸い、お茶を飲み、ふざけて隣人や上司の悪口を言い、深夜まで笑い合ってから深い眠り

に落ちた。そして土曜の朝は、まだ暗いうちからたっぷりの朝食と音楽で始まった。紅茶がなみなみと注がれた。9時になるとナズミはカセットレコーダーを止め、ふたりは最初の箒の音が聞こえてくるまで緊張して耳を澄ます。それからまた、涙が出るほど笑うのだった。まるでその音が、世界で一番おもしろいジョークでもあるかのように。土曜日ごとに自分の家と庭の前の長い区画を掃いているのは、隣のミュラー氏だった。彼が掃き終わるまで、毎回とても長い時間がかかった。というのも、その掃除は一種の儀式のようなもので、数分ごとに中断されていたからだ。ミュラー氏はこの村の4つの団体に加入していて、人から見られることを好んでいた。

「おはよう、ご同僚！」ナズミは土曜の朝、9時15分になると、ターバンを頭に巻いた姿で家の窓から叫んだ。妻はその隣に立ち、薄い青色のヴェールの背後からほほえんでいたが、それは敬虔さというよりは、アメリカ映画のエロティックな空想を思い起こさせるものだった。

ミュラー氏の輝く顔は、「ご同僚」の言葉とともに曇った。箒の音が前よりもしっかりと聞こえてきて、通り過ぎる2、3台の車から声がかかったり、クラクションが鳴らされたり、手が振られたりしても、返事はなかった。ミュラー氏はしばらくのあいだ、休憩なしで仕事することを望んだのだ。ナズミはいつもの土曜日のように窓を閉め、妻に言った。「ドイツ人ってのは生まれながらの道路清掃員だな。1週間のあいだ、早くお気に入りのこの仕事がしたいと思って、うずうずしながら自由時間を待ってるんだ

ろうな」

　ヒュリャは毎週のように、信じられないという顔で夫を見つめたが、夫は大まじめに言っているのだった。

　ナズミはオリエントの服装のまま、家を出た。その服はあまりにも派手な色使いだったので、思わずカーニバルを連想するほどだった。敷地の端まで行き、感嘆のあまり口をゆがめて、熱心な掃除人に向かってうなずいた。

　「すばらしい、ご同僚、すばらしい！　わたし、わかります。毎日駅、8時間。ドイツ人たーくさんのゴミ投げる。アマン、アマン、ババ。ここの道路はイスタンブールみたい。故郷感じる。あんたは？　ゴミ充分ある？」

　ミュラー氏はどんどん青ざめ、掃く手は早くなる。ナズミに背を向け、箒をあまりに激しく動かすので、ヒュリャが夫に声をかけ、「埃から逃げなさい」と言わなければいけないほどなのだ。

華麗なる王

1945 年の冬は、特別に寒かった。ウラニアでは、100 年ぶりに雪が降り続いた。気温はマイナス 5 度まで下がったが、これは中近東では大惨事と言ってよかった。保護されていない水道管は破裂し、たくさんのオレンジの木が凍ってしまった。

ぼくたちの新しい司祭は厳しい人で、品行方正かつ大変なけちん坊だった。ある日、年寄りの用務員がミサで使うワインを飲んでいるのを見つけ、月末に、新しい瓶を開けた罰として料金の倍額を給料から天引きした。そして、なぜワイン 2 本分を天引きしたのかと用務員が尋ねるたびに、司祭は「こっちの耳は聞こえにくいんでね」と答えた。用務員はそのことで、司祭を恨んだ。

クリスマス、キリストの生誕を荘厳に再現する際、司祭は真夜中に教会のアーケードを一巡し、それから表玄関を大きくノックするのが習わしだった。用務員が玄関ドアの背後に立ち、「ノックするのは誰？」と訊くことになっていた。

「華麗なる王がここに来たり、ドアを開けよ！」というのがその答えで、そうするとドアが開き、聖歌隊がキリスト生誕にまつわる地上の喜びを歌いだし、彼を歓迎するなか、司祭が厳かに会堂に入ることになっていた。

基本的にウラニアのクリスマスには雨が降ることが多かったが、寒くなることはなかった。そして、アーケードの下では雨も気にならなかった。しかし、すでに述べたように、1945 年の冬には凍てつく寒さがその土地を覆っていた。司祭はアーケード巡りをやめたいと思った

が、「クリスマスのすばらしい儀式を愛している信徒のみなさんが怒りますよ」と用務員が警告した。「司教の親戚方もこの教会でお祈りしていますし、ひょっとしたら苦情を言われるかもしれませんよ」。そういうわけで、司祭は決められた時間に、震えながらクリスマスの香煙の容器を振っているふたりの侍者を連れて、足早に教会の周りをめぐった。閉ざされた表玄関に到着したとき、司祭は急いでノックをした。

「ノックするのは誰？」用務員が大げさな声で叫んだ。

「華麗なる王だ！」司祭はいささか腹を立てながら答えた。まさしくそのとき、骨身にしみる冷たい突風が吹いてきたからだ。

「誰だって？　聞こえないな。ノックするのは誰？」用務員は叫んだ。悪魔のような笑みが彼の顔に浮かんだ。教会に来ていた客のうちの何人かもニヤニヤ笑っていた。「華麗なる王だ！　ドアを開けよ！」司祭はわめき、ドアに体をぶつけたが、用務員はドアに閂をかけていた。

「どうしてワイン 2 本分を天引きした？　誰がノックしてるんだ？　こっち側の耳は聞こえないんでね」

ワインの天引きの噂はとっくに広まっていたので、大部分の信徒は大笑いして足が立たないほどだった。

「いい加減に開けてくれ。金は返すから！」司祭は囁いた。

「すばらしい！」と用務員は答え、ドアを開けた。

すると司祭は会堂に飛び込み、用務員の襟を

締め上げた。「忌ま忌ましいろくでなしめ、耳が悪いのか？　華麗なる王、か――れ――い――！」

司祭は用務員をベンチの上に投げ倒すと、祭壇に駆けつけた。いまでは聖歌隊もザワザワしていた。指揮者が大声でみんなを叱りつけた。司祭が鼻を赤くし、かすれ声で「おお、イエス・キリスト、華麗なる王よ、人々の歓迎を受けよ！」と叫ぶと、笑い声が湧き起こったが、司祭はそれを聞いて怒りを爆発させた。「豚ども

め、ここではお前たちの救い主、イエス・キリストの生誕を祝っているんだぞ！」と司祭は怒鳴ったが、人々は笑い続けた。毎日教会で祈り、一生のあいだ最後の審判を恐れ続けた信心深いぼくの叔母のジャスミンさえ、涙を流して笑った。

司祭は新年を待たずに転勤を願い出た。そのおかげで、用務員は給料から天引きされることなく、ミサのためのいいワインを飲み続けられたということだ。

コーヒーハウスの祖母

　ある日の昼食時、妹のザハールが興奮しながら、おばあちゃんがコーヒーハウスで水パイプを吸ってるのを見た、と報告した。嘘をつくな、と父は妹を平手打ちにした。これまでアラブの女性がひとりでコーヒーハウスに行くなどということはなかったからだ。ザハールは不当な罰を受けて泣き、母に慰められていた。ぼくは父を見つめ、生まれて初めて父を気の毒に思った。とても年寄りに見えて、父の父よりも年上に思えるくらいだった。「父さん」とぼくは言った。「ザハールは嘘なんかついてないよ。おばあちゃんは昨日、自分からぼくに、毎日午後は噴水のそばのコーヒーハウスに行って水パイプを吸ってる、って言ったんだ」

　理性を取り戻す代わりに、父はぼくのことも殴ろうとしたが、ぼくは父の平手打ちをかわした。怒りのこもった父の手は、ぼくの後ろにあった大きなラジオにぶつかった。ぼくは中庭に逃げ、父が大声で痛がるのを聞いていた。すると突然、自転車の明るいベルの音が聞こえてきた。ぼくは自分の目を疑った。勢いよく、エレガントに、祖母が自転車で中庭に乗り込んできたのだ。祖母はとても美しい白いズボンをはき、白いシャツを着て、大きな赤い帽子をかぶり、運動靴を履いていた。どっちにしてもスマートな体型だったのだが、夏らしいこの服装で見ると、まるでスポーツ選手のように見えた。隣人たちはびっくりしながら祖母に挨拶した。笑ったり嫌みを言ったりする人はいなかった。祖母はカーブを描きながら壁のところまで来て、元気よく自転車から降りた。

　「あら、坊や、調子はどう？」祖母が声をかけてきた。家の2階に上がる途中、ぼくは急いでさっきの事件を報告した。祖母は笑った。「とんでもないことね！　自分の息子から、コーヒーハウスに行くことを禁じられるなんて。コーヒーハウスの人たちは、イエズス会の修道士よりずっと無害よ」

　祖母と父は大げんかをした。父は侮辱的な言葉を口にした。理性的な言葉は何ひとつ思い浮かばず、オオヨシキリ（注：ウグイス科の小鳥）のように罵り続けたのだ。父が偉そうな態度をとって祖母を帰らせたとき、ぼくは隣人たちの手前、父のことを恥じた。それはまるで、我が家から追放するような仕打ちだったからだ。

　「見てなさい、坊や。いつの日か、男と同じくらいたくさんの女がコーヒーハウスに座って、お茶を飲んだり水パイプを吸うようになるから。待ってなさい」と祖母は言い、自転車で走り去った。

　「最初、コーヒーハウスのボーイはわたしに給仕したがらなかったのよ。わたしは自分に、いま勇気ある行動をとろうと思うなら、彼と衝突するのではなくて、粘り強く辛抱することだと言い聞かせたの。ボーイが来てくれるまで合図し続けて、お茶を1杯注文し、たくさんチップをあげた。そうしたら、次からはわたしがコーヒーハウスに足を踏み入れるだけで、駆け寄ってくるようになったのよ。ときにはコーヒーハウスに行く気がなくて、店の脇を通り過ぎようとしたけど、ボーイがわたしに『どうぞ、お立ち寄り下さい、奥さま。本日はわたしがご招待いたします』と声をかけてきたの。わたしはほほえんで店に入ったけど、その日は結局い

つもの2倍のチップをあげたのよ」祖母は数日後、コーヒーハウスでの冒険について、そんなふうにぼくに話してくれた。

　何年ものあいだ、祖母はぼくたちを訪問しなかった。父が望まなかったからだ。でもぼくたちはこっそり祖母を訪問し、父の頑固さを一緒に笑いものにした。

　祖母は平穏にベッドで天に召された。その界隈の人たちは祖母の棺の背後で泣いていた。その日、コーヒーハウスは祖母に敬意を表して、一日休業した。

誕生——クリスマスの話

それはマリアム・アラドラという名前の女性だったかもしれないし、そうでなかったかもしれない。彼女はマインツ大学で哲学と歴史を学び、まもなく勉学が終わったら、西ヨルダンのビル・サイトという町に戻って歴史の教師になりたいと願っていた。アラブでは歴史ほど愛され、誤解されているものはないからだ——でもこれは、別の物語だ。

マリアムの奨学金はわずかな額だったが、それでも少しは貯金することができ、それを毎月、故郷にいる夫に送っていた。その金で、ビル・サイトに小さな工房を建てることができたのだ。マリアムは毎年３月に、夫や両親や友人に会うため、２、３週間という短い期間ではあるものの、帰省していた。ビル・サイトの春は世界で一番美しい、とマリアムは思うのだった。

毎年がそんなふうに過ぎていったが、昨年、修了試験の前にドイツに戻ってきたマリアムは、自分が妊娠していることに気づいた。夫に電話し、それを伝えた。彼は喜びのあまり電話口で泣きだし、もう貯金なんかしなくていいから、むしろ自分のために金を使ってくれ、と言った。それ以来、夫は毎週２通の手紙を書くようになった。１通は妻に、もう１通はドイツのカイザースラウテルンでもう長いこと大学に通っている従兄弟のユスフ・アルナジャーに宛てて。ユスフは自分の死んだ父の魂にかけて、マリアムによく気を配っておくよ、と約束した。マリアムはこうしてユスフとの連絡が密になったことをとても喜んだ。ユスフはやせっぽちでよくしゃべる男だったが、料理がとてもうまくて、物語を聞かせるのも得意だったから

だ。ふたりが会わない週はなかった。この年の１月——非常に寒い日だったが、マリアムはとても気分がよかったので、ユスフを訪ねることにした。ユスフのところでゆっくりさせてもらうと同時に、２週間前から彼が夢中になっている新しい恋人のクレールとも知り合いになりたいと考えたのだ。

楽しい晩になった。付き合い始めたばかりのふたりは、小さなキッチンでマリアムのために、実にすばらしい料理を作ってくれた。そしてユスフの言葉どおり、クレールはとても爽やかな人だった。マリアムはたくさん笑った。しかし、笑いながら突然、下腹に鋭い刺すような痛みを感じた。

初めての妊娠ではあったが、彼女のなかで何かが確信に満ちて、「いよいよそのときだ！」と告げていた。陣痛はすぐに激しくなった。自分に託された義理の従姉妹の健康を気遣うユスフは、マリアムをマインツの病院まで車に乗せていき、そばに付き添おうと申し出た。彼は興奮したひよこのように走り回った。するとクレールが、小さいけれどきっぱりした声で言った。「わたしに運転させて。あなたは興奮しすぎる！」彼らは幹線道路を通っていった。９時を回ったところで、ひどく寒い夜だった。空の星を映そうとするかのように、樹氷が光っていた。こんなに寒いのにユスフが慌てて上着も着ずに車に乗り込んでしまったのを見て、マリアムは従兄弟を混乱させている自分を恥じた。彼はチョークのように白い顔で彼女を見つめ、ドイツ語で「具合はどう？」と尋ねた。彼がみんなに聞こえるほど歯をがちがち鳴らしていたの

で、マリアムは陣痛にもかかわらず大声で笑わずにはいられなかった。彼を落ち着かせようとしたが、言葉を発することはできなかった。ただ笑いに笑い、ふいに、子どもの出産をこれ以上延ばすことができないのを感じた。

「車を停めて。生まれる」マリアムは言い、奇妙なことにもはや痛みは感じず、陶酔状態になった。すべてが遠くにあり、静かだった。クレールは道端に向かい、橋の下で車を停めた。

「警告灯をつけろよ」とユスフは小さな声で忠告し、マリアムが厚いコートを脱ぐのを手伝った。彼は車のトランクから毛布を出そうとして、興奮のあまりトランクリッド（注：トランクの蓋）に激しく頭をぶつけ、額から出血してしまった。

マリアムはいきみ始めた。ユスフは助けを呼びに走った。どこに行ったらいいかわからなかったが、まもなく橋の近くの、あちこちの部屋に明かりがついている1軒の集合住宅のそばに来た。彼はすべての呼び鈴を押した。何人もの男や女が窓から外を見下ろした。

血を流しているアラブ人を、彼らは不安そうに、そしていぶかしそうに眺めた。「どうしたんだ？」とアフリカ人が英語で尋ねた。ユスフは生まれて初めて、自分に英語を教えてくれた教師に感謝した。「ぼくの従兄弟の奥さんが橋の下で子どもを産みそうなんだ。助けてくれ！」それからユスフは額の傷を指さし、困ったようにほほえみながら説明した。「興奮して怪我しちゃったんだ。どうか助けてくれないか。お湯とタオルと毛布が必要なんだ」。そう言いながらユスフは興奮と寒さのあまり、片方の足から

もう一方に体重を移しながら跳びはねた。アフリカ人女性と、ベトナム人女性と、ブロンドのロシア人女性が家から飛び出してきた。そのあとに夫や子どもたちもついてきた。ユスフは車に戻り、みんなが急いであとに続いた。坂道を数歩歩いただけで、マリアムとクレールが車の横にいるのが見えた。

女たちがユスフと一緒に坂道を駆け下りる一方で、男たちは毛布や暖かい服を取りに、家に駆け戻った。ベトナム人の男性は、台所にあったつつましい食べものをすべて木の箱に入れて持ってきた。ヨーグルト、ティミアン、塩、パン、バター。すぐそのあとでイラン人の男性が、大きなポットにお茶を淹れて持ってきた。みんなは、橋の下でユスフが熾した小さな焚き火を囲んで立った。子どもたちはさらに木を集め、それを楽しそうに炎に投げ込んだ。それから突然、どんな新生児も空の星に向かってあげる最初の産声が、全員の耳に聞こえた。

毛皮のコートに身を包んだ浮浪者がよろよろと通りかかり、ワインのボトルを掲げた。「乾杯！」そう叫びながら、もう少しで自分が連れている大きな黒犬につまずくところだった。「どうしてこんなところに集まってるんだ」と彼は尋ね、赤ん坊を見せられると、泣き始めた。そして、国家に取り上げられてしまった自分の息子のことを延々と語り始めた。

警察のパトカーがいきなりやってきて、ちょっと離れたところに停車した。制服を着たふたりの男性が降りてきて、ゆっくりと近づいてきた。

「ここで何をやってる？」と年上の方が尋ね

146

た。

「出産です」とユスフが答えた。

「誕生パーティーです。まるでクリスマスみたいに！」浮浪者が強調し、ワインをグビグビ飲んだ。

「誰が火を熾した？」もうひとりの警官が尋ねた。

「父親です」毛布にくるまれたマリアムが、車のなかから答えた。

「あなたが父親ですか？」若い方の警官がユスフに礼儀正しく尋ねた。

「いいえ、いいえ。父親はぼくの従兄弟です。ルー・エルクドゥスという名前です。彼が火を点けて、それから幽霊のように空中で消えました」

年上の警官が笑い、首を横に振った。彼は車の窓越しにマリアムと赤ん坊に向かって屈み込

むと、「すぐに救急車を呼びましょう。病院はそんなに遠くありません。どうぞ、お大事に！」と言った。車に背を向けると、焚き火で両手を温めている外国人たちを見て、しばらく立ち止まっていた。

「そしてこれが、オリエントから来た女王や王たちです」とユスフが大声で言った。体が温まり、マリアムとその息子が無事だということがわかって、彼の興奮も収まっていた。

「でも、聖書では王さまは３人だけだろ！」年上の警官は言い返すと、笑った。

「あら、きっと３人以上いたはずよ。それにどうして女王たちのことが書かれなかったかは、また別の話よ」ロシア人女性が言った。みんなが笑った。他の外国人や若い警官までが、一緒になって笑った。みんな、ジョークのオチはよくわからなかったのだけれど。

マロニエの木

　ぼくの部屋の窓の前には、古いマロニエの木が立っている。樹齢100年以上に違いない。でも、それに気づくのはその木が裸になってがっしりと立っている冬のあいだだけだ。春にはまるで地上での1年目みたいに柔らかな花と葉を身につける。木々というのはそんなもんだ。幹は老いても、芯のところは子どものままなのだ。

　冬、ぼくはときおり窓の外の温度計を見て、マロニエの木は凍えているに違いないと考える。でも、体を温める春の太陽がマロニエをまたくすぐり始めると、5月には最初の花が、そして少しあとには若葉が現れるのだった。

　まもなく、木はいがのある球をつけ始める。そのなかにはすべすべした茶色い実が入っているのだ。とても美味しそうに見えるので、たくさんの子どもがそれを栗だと思って集める。しかし、家に持ち帰ると、それは間違いだったとわかってがっかりするのだ。子どもたちはマロニエの実をまた捨てることになる。しかし、いつもどこかにひとりくらいはマロニエの実を捨てないで、庭に埋める子どもがいるのだ。子どもはマロニエのことをすぐに忘れてしまうが、マロニエは育つことを忘れない。そうしていつの日か、小さなマロニエの木が現れる。

　ぼくの部屋の窓の前のマロニエには孫も曾孫もおり、それらの木々とつながりを保っている。風や蜂やその他の虫が、マロニエの木が親戚や友人と連絡を取り合うのを助けてくれるのだ。このマロニエは、親戚の木がどこに生えているかを正確に知っている。この町で一番古いマロニエの木なのだ。すごく年をとっているにもかかわらず、子どものように遊ぶのが好き

だ。ときには紙の凧を手に入れようとする。凧は、秋にはどんどん高く青空を飛んでいくものだが、ある朝ぼくは、マロニエの木がそうしたカラフルな凧のひとつをつかんでいるのを見つけたりするのだ。

　マロニエの木がボールを見たのは、とても昔のことに違いない。ぼくが住んでいる通りは、長いこと車が通り抜ける道だったからだ。そこで遊ぼうとする子どもはいなかった。ようやく去年から、車を迂回させることになり、ここの通りは遊歩道ということになった。それ以来、子どもたちは喜んで自転車を乗り回し、コマやビー玉で遊ぶ。でも一番人気があるのは、色とりどりのボールで遊ぶことだ。

　ある日、3人の男の子が、ぼくの窓の下でボール遊びをしていた。大きな声で楽しそうに笑っている。ぼくはそれを見ていたが、マロニエの木はまるでその遊びに興味がないみたいにそっぽを向いていた。いきなり、ひとりの子がボールを高く投げ上げた。すると稲妻のようにすばやく木は枝を伸ばし、ボールはそれをよけられなかった。ボールは高い枝にひっかかったままになってしまった。3人の男の子はどうしていいかわからず、大きな木の前に立ち尽くしていた。そのうちのひとりが辺りを探して、石を見つけてきた。ボールを狙って投げてみたけれど、外れてしまった。

　「もうちょっとだったね！」赤毛の男の子が彼を慰めた。石はまた彼らのそばに落ちたので、今度は赤毛の子が石を高く投げ上げた。木はバカバカしいと思ったのだろう。そこで、石を隠してしまった。子どもたちは不思議そうに

木を眺めていた。

「気にしなくていいよ」ボールの持ち主だった赤毛の子が言った。「明日になったら、ボールはここに落ちてるよ」自分の言葉を信じて、彼は家に帰っていった。あとのふたりは彼を見送り、木を見つめ、肩をすくめた。「あの子のボールだもんね」ひとりがもうひとりに言い、太陽が屋根の向こうに沈んだとき、そのふたりも家に帰っていった。

暑い夏の夜、ぼくは窓辺に座って本を読んでいた。マロニエの木が枝でボールを打っているのがくりかえし聞こえた。おそらく枝から枝に、ボールを投げることさえしていたのだろう。突然、「ポン！　ポン！　ポン！」という音が聞こえた。ぼくが下を見ると、ボールはちょっと跳び上がり、それから街灯のところまで転がっていって、そこで止まった。

それまでずっと木の葉をザワザワ言わせていたマロニエは、すっかり静かになった。ぼくは初めて、祖母がかつて言った言葉を信じた。木々も夜中には眠る、ということだ。

それは心だった

　理性は、どんどん変わっていくように見える自分の宿主の行動を、いぶかしく思っていた。宿主は穏やかで寛大になり、希望に満ちていたのだ。やがて理性は、宿主が恋をしていることに気づき、それが誰の功績か知りたがった。

　脳がせかせかと名乗りをあげた。「マダム、ぼくです。ぼくがフェニルエチルアミンの分泌を促したんです。あなたもご存じのとおり、愛に効く化学物質です。これを与えれば壁だって恋をしますよ」

　「いいえ、わたしたちです」と両目が叫んだ。「わたしたちを通さなければ、宿主は自分の崇拝する女性を美しい色で見ることができません」

　「自慢屋！　それがお前たちの功績だというなら、盲人はけっして恋をしないことになるぞ」両耳が声を合わせて言った。「甘い声が聞こえて初めて、人間はそわそわし始めるんだ」

　「落ち着け、落ち着け、俺さまがいなくちゃ、どうにもならんぞ！」鼻が大声で言った。他の部位は笑った。

　「そして、わたしたちは？」と両手が抗議した。「恋人に触ったのは誰？」

　「いやいや！」と両足が腹を立てながら言った。「誰が彼を恋人のところに連れていったのか、質問してみろよ」

　理性は辺りを見回した。「それであなたは、何をしたの？」理性は心に尋ねた。

　「ぼく？」心はびっくりし、赤くなった。「ぼくは何もしていないよ。ただ混乱していたんだ」心は小さな声で言った。

　理性はほほえんだ。

夢みたい

ぼくは昔から、よく列車に乗っている。列車は過去10年でどんどん快適になり、スピードも上がった。それに、ボーナスポイント（注：飛行機のマイレージのように、利用者がポイントをためられるシステム）の導入以来、より人間的になった。

遅延が5分以上になると、乗客は小さな銀色の券をもらえる。100ポイントたまれば、500キロ無料で乗ることができるのだ。でもそのポイントは、3か月以内に使わないと消えてしまう。

ぼくは熱心にポイントを集め、苦労して99ポイントに到達した。ある知人が、フランクフルト経由の旅行を予約すべきだとぼくにアドバイスしてくれた。その区間ではしばしば列車の遅延が発生するというのだ。

そんなわけで、ポイントが切れる前の最後の日、ぼくはフランクフルト駅にいた。ぼくが乗る列車はヴュルツブルクから来る予定だった。工事中の区間が3か所あるので、期待通りになりそうだった。

ぼくは熱に浮かされたように遅延を望み、列車が来るはずの方向を緊張しつつ眺めていた。何の気配もない。時計の分針はカタツムリの親戚のように見えた。1分の遅れ。2分の遅れ。それから……。

列車は闘牛士の布のように赤い姿を現した。ぼくは、闘牛のように荒い息づかいになった。3か月かけて集めたポイントが無駄になってしまう。

「フランクフルトに着きます」。目覚めたとき、ちょうどこのアナウンスが聞こえた。ぼくは荷物をまとめ、列車を降りた。

氷の船

　ぼくの祖父は一度も嘘をついたことがなかった。

　「こっちを見てごらん」と祖父は言った。「じいちゃんが嘘をつく必要なんかあるか?」

　ぼくは祖父を見た。祖父は山のような大男で、がっしりしていて、髪は白かった。胸には胸毛がびっしり生え、入れ墨と傷もあった。「どの入れ墨にも冒険譚が隠されているし、どの傷にも物語がある」と祖父は言い、ものすごい大声で笑ったので、食器棚のガラスがカタカタと震え、まるで一緒に笑っているような音を立てた。

　祖父は海を航行していた船長で、たくさんのことを経験していた。祖父が操船していたのは「スフィンクス」という名の大きな珍しい船だった。

　船の外見は普通で、他の交易船と異なるところはなかった。いささか古い船ではあったが、スピードは速かった。

　風変わりなのは船腹だった。船長のキャビン、船員10名が使うつつましい寝室、厨房と食料庫のほかには、壁を二重にした大きな空間があるだけだった。この空間に入れて運ばれたのは黄金でも香料でもなかった。祖父が運んでいたのは氷で、しかも30年、40年もそれを続けていた。

　「氷だって?　なぜまた氷を?　冷蔵庫はないのか?　それともこれは船乗りの作り話か?」と言う人が多いだろう。

　いやいや。その当時は、電気も冷蔵庫もなかったのだ。

　中近東はご存じのとおり、とても暑い。氷はみんなから求められていた。とりわけ、けっして雪が降らない土地では。そして、エジプトはまさにそのような土地だった。そのため、少なくとも年間3か月は雪が降るレバノンの高山に住む人々は、抜け目なく考えをめぐらして雪を圧縮し、氷の塊にして港に運んだ。そして祖父がその氷を、自分の船でエジプトに運んでいたのだ。

　氷はよく断熱された状態で船腹に入れられていたが、それでも少しは溶けた。いずれにしても祖父は、ひと航海ごとに積み荷の4分の3、150トンの氷をエジプトのアレクサンドリアで陸揚げすることができた。

　人々はひとかけらの氷にたくさんの金を払った。凍った水を見るのは、彼らにとっては奇跡のようなものだった。エジプト人にとっても、暑いなかで冷たい飲みものを飲むのは嬉しいことだった。それに肉や、とりわけ魚は、氷があれば長いこと冷やせて、新鮮な状態で保存できた。

　祖父はどんなに急いでも充分ということはなかった。というのも150トンの氷は数日で売り切れてしまったからだ。エジプト人たちは祖父のことが大好きで、祖父を「氷のスフィンクス」と呼んでいた。

　ある日、祖父はいつものルートを航海していたが、突然海賊船が姿を現した。当時、地中海の海賊はとても恐れられていた。抵抗でもしようものなら、情け容赦なく殺された。

　船員たちは祖父に駆け寄り、青ざめてつかえながら言った。「海賊だ!　海賊だ!」

　武器を持っていなかったので、船員たちは大

いに不安がっていた。

祖父は笑った。

「ようやく気分転換できるな」と祖父は言った。

何の抵抗もしないまま氷の船が海賊たちに乗っ取られ、海賊の親分が抜き身のサーベルを右手、ピストルを左手に持って、「襲撃だ！ 命を助けて欲しければ、宝を全部、黄金の箱も宝石も装飾品も銀貨もここに引き出せ！」と叫んだときにも、祖父は笑っていた。

「落ち着け、若いの」と祖父は親分に呼びかけた。「こっちに来いよ」

そして祖父は驚いている若い海賊に向かって、船には宝石も黄金も銀もないのだと説明した。

「それじゃあ何を積んでるんだ？」と彼は驚きながら、それでもまだ何かを奪えると期待しながら尋ねた。

「氷だ、特大のな」祖父は言った。

「何？ 氷？ どんな氷だ？ だますつもりか？」海賊は怒って尋ね、祖父の鼻先でピストルを振り回した。

「いやいや、だますんじゃなくて、さっぱりさせてやるよ」と祖父は言い、船腹を覆っているスライド式の天井のところに行くと、板を少し横に動かした。

海賊は目を丸くした。船腹全体が、彼が見たこともないような白い塊で埋まっていたからだ。冷たい空気が彼の方に流れてきた。その海賊は、生まれて初めて氷を近くで見たのだった。しばらくのあいだ、口もきけずにいた。

「これで何をするんだ？」祖父が板をまた閉め

たとき、海賊は尋ねた。

「冷たい飲みものさ」。祖父は答えて、その海賊と手下たちのために氷で冷やしたレモネードを作らせた。

海賊の親分は感激してグラスを飲み干し、まだ溶けていない小さな氷をかじった。

「すげえ」と彼は叫び、レモネードのお代わりを頼んだ。「こいつは、かみさんや子どもたちに持って帰らなくちゃな」と彼は言った。

「俺も！ 俺も！」と海賊全員が叫んだ。

「いいだろう」と祖父は言い、海賊たちに氷の大きな塊をいくつか与えるよう、部下たちに命じた。そして、どうすれば氷を2、3日溶かさずに保存できるか、海賊たちに教えてやった。

海賊の島は、祖父の航海ルートからそれほど遠くなかった。海賊たちは別れを告げ、ずっと蔦の葉のように氷の船にくっついていた小さな海賊船の舫いを解いた。

両方の船の乗組員が氷の塊を海賊船に運び入れようとしているあいだに、海賊の親分は感謝のしるしとして、自らの手で祖父の胸に自分の顔の入れ墨をほどこした。その顔は右手に氷の塊を持って笑っていた。

しかし、入れ墨をしながら海賊は大いに笑ったので、目から涙がこぼれ落ち、その涙が入れ墨に使っている青いインクと混じり合ったそうだ。そうして、彼の笑いが入れ墨に保存されたのだった。辺りがとても静かなときには、海賊の笑いが祖父の耳に聞こえることも珍しくなかった。

祖父は好んでしばしばこの話をした。もし誰かがそれを疑って、この老人はちょっとほらを

吹いてるんじゃないかと言うと、祖父はその人に、海賊の入れ墨に耳をつけてごらん、と言った。そうすると、ほんとうに、海賊の笑い声が聞こえてくるのだった。

インクの染み

エリアスは5歳のとき、もう字が読めるようになった。そして10歳のときには、どんな大人よりもきれいな字が書けるようになっていた。当時のダマスカスでは読み書きのできる人間は少なかった。そんなわけで、人々はエリアスのところに行き、エリアスは申請書や陳情書や手紙を書いてやった。最初はお礼の言葉をもらうだけだったが、まもなく金を取るようになった。人々は古くてぼろぼろになった本をエリアスのところに持ってきて、写本してくれるように頼んだ。エリアスは何時間も、ページの上に屈んで座っていた。紙や本の山に塞がれて、彼の姿はほとんど見えなかった。

文字を書くのは巧かったけれど、エリアスはシャワーや料理にはほとんど興味がなかった。年老いたやもめの女が彼の世話をしていた。エリアスはどんどん痩せていった——そして、自分で煤や樹脂を煮出してつくったインクを大量に使っているせいで黒くなっていった。顔も指も両手も服も、夜のように黒かった。外に出るのは好きではなかった。行儀の悪い子どもが彼

のことを「インク飲み」とはやし立てることも珍しくはなかったからだ。

やがて、不思議なことが起こった。40歳で、エリアスは縮み始めたのだ。クッションを使ってどうにか机で字が書けるようにしていた。しかしまもなく黒い小人になってしまい、紙のあいだに立ったまま字を書いている、とやもめの女は語った。

ある日、やもめの女はエリアスの書斎に入って、死ぬほど驚いた。エリアスはもう親指くらいの大きさの黒い球になっていて、ページのあいだを転がって言葉を書いていた。しかし、この黒い球でさえ、日に日に縮んでいった。

2日間食事に手がつけられていなかったので、やもめの女は心配していたが、エリアスが書き残した最後の言葉を読んで気持ちが変わった。「天国」と彼は書いていた。「国」の点がいくらか大きくなりすぎて、インクの染みのように見えた。やもめの女はほほえんだ。エリアスがどこに逃げていったのか、彼女にはわかったからだ。

解　説

『言葉の色彩と魔法』は、一見してわかるとおり、とても贅沢な作りの本だ。1ページから数ページの短いテクストに、美しい絵が添えられている。テクストを書いたのは、シリア出身のドイツ語作家ラフィク・シャミ。ドイツに住み始めてもう48年になる。絵を描いたのは、彼の妻で画家のロート・レープ。1991年にシャミと結婚し、これまでもしばしば彼の本の表紙カバーを描いてきた。この本は、芸術家夫妻のコラボレーションによる、珠玉の1冊なのだ。

シャミの本は、すでに10作が日本語に翻訳されている。シャミの作品のなかでは、アラビアン・ナイトさながらに次々と物語が繰り出されてくる。エピソードがエピソードを呼び、語り手と登場人物たちが織りなす豊穣な世界がそこに現出する。

本書がドイツで出版されたのは2002年。翻訳には2013年の改訂版を使用した。59編のうち書き下ろしは5編あり、ほかは『夜の語り部』『空飛ぶ木』『蠅の乳しぼり』など、それまでに出版された作品からの抜粋、もしくは書き換えである。日本語ですでに翻訳されているものもあるが、今回はすべて訳し下ろした。それはとても楽しい作業だった。

この本だけで、「物語の宝庫」と呼べそうな賑やかさである。メルヘン仕立てで動物や悪魔が主人公になっているものもあれば、ダマスカスでの子ども時代を回想した話もある。家族、友人、近所の人々が登場し、いかにもアラブらしい人情の厚さや、規則に縛られない自由な暮らしぶりがうかがえるものもある。ドイツ人とアラブ人のメンタリティーの違いをユーモラスに描いた爆笑もののエピソードも出てくる。テクストは短いながらそれぞれオチがあり、人生に対する深い洞察を感じさせるものも少なくない。アラブの政治の不安定さを風刺的に描いたものも目につく。どの話もウィットに富み、笑いと涙を誘う。

どこから読んでもいいし、くりかえし読んでもいい。『言葉の色彩と魔法』にはシャミ文学のエッセンスがぎゅっと詰まっている。愛蔵本として、読者のみなさまの手許に置いていただければとても嬉しい。

ここで、初めてシャミの本を読まれる方のために、彼の人生を振り返ってみよう。シャミは1946年に、ダマスカスでパン屋の息子として生まれた。イスラム教徒ではなく、実家はキリスト教のカトリックで、シャミは神父となるべくイエズス会の修道院に送られたこともある（その後、病気のために帰郷）。教会や修道院にまつわるいくつかのエピソードは、本書にも収められている。

両親はイエス・キリストの母語とされるアラム語を話していたが、周囲の人々はアラビア語だったため、バイリンガルとして育った。一家はダマスカスで暮らしていたが、祖父母の家があるマルーラ村をたびたび訪れ、シャミは長期の休暇をここで過ごしている。その思い出も、本書のなかに綴られている。

ダマスカス大学の理学部に通っていたころ、シャミは風刺的な壁新聞を月に2回発行してい

た。その新聞が発禁となり、言論の自由のない社会で生きる困難を感じるようになった。大学卒業後の1971年、兵役を避けるために留学という形の亡命生活に入る。折しもシリアでは、ハーフェズ・アル＝アサドが大統領に就任したところだった。このアサド政権は現在も続いているが、ハーフェズ・アル＝アサドは2000年に死去し、現在の大統領は彼の次男である。

　英語もフランス語もできたシャミがドイツに留学したのは、あちこちに出した願書に対し、一番早く入学許可証を送ってくれたのがハイデルベルク大学だったからだそうだ。この偶然は興味深い。もしイギリスやフランスに行っていたら、語学で苦労することもなく、別の人生が待ち受けていただろう。

　ともあれ、ドイツに渡ったシャミは、アルバイトで生活費を稼ぎ、ハイデルベルク大学で化学を勉強した。ドイツ語を習得するためにハイネやカール・クラウス、アンナ・ゼーガースの本を書き写した、と言われているが、それらの作家はいずれもユダヤ系であり、ハイネとゼーガースに関しては亡命作家でもあった点が目を引く。カール・クラウスも、ひとりで雑誌を発行し続けた気骨のあるジャーナリストであり、反体制派作家だったことを考えると、これらの作家を選択したのは単にドイツ語を学ぶためだけではなく、彼らの人生に共感してのことだったと思わざるを得ない。こうして、片言のドイツ語の知識だけで留学をスタートさせた彼は、8年後の1979年には博士号を取得し、製薬会社に就職して営業の仕事を始めた。

　一方でシャミは、シリアやイタリア出身の人々と文学グループを結成し、ドイツ語作品のアンソロジーを出版していた。出版だけでなく、朗読活動も始めている。ドイツはもともと作家の朗読会が盛んな土地で、耳を通して文学作品に触れる機会が多い。やがて、シャミにとっては作品の執筆が製薬会社の仕事よりも重要となり、1982年には退社して執筆に専念するようになる。原稿の持ち込みを続けるうちに、『片手いっぱいの星』が認められてチューリヒの児童文学賞を受賞。そして、1989年に出した『夜の語り部』が150万部を超えるベストセラーとなり、シャミの名は一躍世界中に知られることとなる。当時、ミヒャエル・エンデが物語作家として一世を風靡していたが、シャミもエンデと肩を並べるほどの人気作家になっていくのである。

　シャミの半生については西口拓子さんが『専修大学人文科学研究所月報』（2010年5月発行）で詳しく紹介されているものを参考にさせていただいたが、その月報には、西口さんが2009年にシリアで撮影された写真も添えられている。マルーラ村の修道院などが写っているが、マルーラ村に山間の寒村のイメージを持っていたわたしは、修道院の規模の大きさや美しさに驚いた。もともとシリアはフランスの統治を受けていて、キリスト教が保護されていたという事情もあるのかもしれない。西口さんの写真にはダマスカスやアレッポも写っていて、シリアが現在内戦のために容易には訪問できない国になっていることをあらためて残念に感じた。

児童文学作家として名を知られるようになったシャミは、その後、大人向けの小説も積極的に執筆するようになる。と同時に、彼が出版する本の厚みも増していく。2004年、フランクフルトブックフェアに合わせて出版された『愛の裏側は闇』は、シリアを舞台に対立するふたつの家族を描くシリアスな歴史小説で、まさに大河小説の趣だった。暴力というテーマは、初期の作品ではまだそれほど直接的には描かれず、ユーモアに包まれた形で提示されることが多かったが、『愛の裏側は闇』には政権による拷問や、殺人、復讐、裏切りといった話題も盛り込まれている。

　シャミは、いまだにシリアには帰国できない状態が続いているそうだ。それどころか、シリア内戦は大量の難民を生み出し、人々が大挙してヨーロッパに押し寄せる事態を招いてしまった。すでに半世紀近くドイツで暮らしているシャミにとっても、祖国のこうした状況は心が痛むものだろう。

　ところでわたしは、一度だけシャミに会ったことがある。2004年のフランクフルトブックフェア会場でのことだ。この年、わたしは大学から特別研究の許可をもらい、1年間ベルリンに滞在していた。ブックフェアは10月で、普段なら授業があってなかなか行けない時期なのだが、この年はベルリンから駆けつけることができた。ブックフェアのテーマは「アラビア」。中東に関する本がたくさん展示され、それに関連したトークイベントも開かれていた。シャミも新刊のプロモーションを兼ねて会場入りしており、観客の前で話すことになっていた。そのイベントの直前、お会いして自己紹介することができた。「『夜の語り部』を日本語に翻訳した者です」と名乗ると、彼はとても喜んでくれた。お洒落な白いスーツで颯爽と現れたシャミは、その後演壇に立つと、原稿も見ずに滔々と語り出した。もちろん流暢なドイツ語だ。そのときに強く感じたのは、「この人は物語を書くだけでなく、話すのがとてもうまい人なのだな」ということだった。まさにアラビアン・ナイトの世界。先にも書いたようにドイツには朗読会の伝統があるが、シャミはそうした朗読会で場数を踏み（1500人の聴衆を集めたこともあるそうだ）、エンターテインメントとしての「語り」を身につけているように見えた。

　現在、ドイツには移民系の作家が増えている。アメリカやフランス同様、外国出身作家の割合が増え、文学の世界のグローバル化を実感することができる。そんななか、シャミは移民系作家の草分けとして、30年以上、走り続けてきた。70歳を超えても創作意欲は衰えていない。これからもどんな物語が紡がれていくか、楽しみにしたい。

　なお、翻訳にあたってはドイツのシュトラーレンにあるヨーロッパ翻訳者コレギウム（EÜK）よりご支援をいただいたことを記して感謝したい。

ラフィク・シャミ 著作　邦訳一覧

『片手いっぱいの星』　若林ひとみ 訳　岩波書店　1988 年

『蠅の乳しぼり』　酒寄進一 訳　西村書店　1995 年

『夜の語り部』　松永美穂 訳　西村書店　1996 年

『マルーラの村の物語』　泉千穂子 訳　西村書店　1996 年

『空飛ぶ木　世にも美しいメルヘンと寓話、そして幻想的な物語』
　　　　　　池上弘子 訳　西村書店　1997 年

『モモはなぜ J・R にほれたのか』　池上純一 訳　西村書店　1997 年

『夜と朝のあいだの旅』　池上弘子 訳　西村書店　2002 年

『ミラード』　池上弘子 訳　西村書店　2004 年

『愛の裏側は闇』（全 3 巻）　酒寄進一 訳　東京創元社　2014 年

『こわい、こわい、こわい？　しりたがりネズミのおはなし』　＊絵本
　　カトリーン・シェーラー 絵　那須田淳 訳　西村書店　2016 年

プロフィール

©R. Leeb

©S. Fadel

著 ラフィク・シャミ（Rafik Schami）

1946年シリアのダマスカス生まれ。亡命後、1971年よりドイツ在住。1982年以降、作家として活動し、世界150万部のベストセラー『夜の語り部』や『空飛ぶ木』『蠅の乳しぼり』『モモはなぜJ・Rにほれたのか』『夜と朝のあいだの旅』『ミラード』（以上、西村書店）などを発表。ドイツ語圏におけるもっとも成功した作家のひとりである。作品は33の言語に翻訳されており、多数の賞を受賞。『片手いっぱいの星』（岩波書店）でチューリヒ児童文学賞、また、ドイツ語を母語としないドイツ語作家に贈られるシャミッソー賞、近年には2010年に『愛の裏側は闇』（東京創元社）に対してIPPY（独立出版社書籍賞）ゴールドメダル賞、2011年には忘却に抗し民主主義を支援する文学に対して贈られるゲオルク・グラーザー賞などを受賞している。

絵 ロート・レープ（Root Leeb）

1955年ドイツのヴュルツブルク生まれ。大学でドイツ文学、哲学、社会教育学を学ぶ。外国人のためのドイツ語教師として2年間働いた後、ミュンヘンの市電の運転士を6年間務める。現在は作家・画家としてマインツ近郊に在住。1994年に『路面電車の女』、2001年に『水曜日はサウナのレディースデー』（ともに未邦訳）、2012年には3作目となる小説『ヒーロー　家族の肖像』（西村書店、2017年）を出版。最新作は2015年、『ドン・キホーテの妹』（未邦訳）。

訳 松永 美穂（まつなが みほ）

1958年愛知県生まれ。早稲田大学文学学術院教授。専門はドイツ語圏の現代文学・翻訳論・ジェンダー論。著書に『誤解でございます』（清流出版）、訳書には2000年に毎日出版文化賞特別賞を受賞した『朗読者』（新潮社）、『三十歳』（岩波書店）、『夜の語り部』『ナミコとささやき声』（ともに西村書店）などがある。絵本の訳書には2015年に日本絵本賞翻訳絵本賞を受賞した『ヨハンナの電車のたび』（西村書店）がある。

Illustrationen : ©Root Leeb

Erzählungen : ©Rafik Schami
außer bei den folgenden, für dieses Buch überarbeiteten
Geschichten : »Wie das Echo auf die Erde kam«, in : Rafik
Schami, *Erzähler der Nacht*, ©1989 Beltz Verlag, Weinheim und
Basel ; »Das Scheu«, »Vom langsamen Sadik und vom schnellen
Ruf«, »Der Mensch«, »Das Tunk«, »Starke Nerven«, »Die heilige
Maria sagt nie nein«, »Paradies oder Lachen, das ist die Frage«,
»Meine Oma im Kaffeehaus«, in : Rafik Schami, *Der ehrliche
Lügner*, ©1992 Beltz Verlag, Weinheim und Basel ; »Der
Handel«, »Chor«, »Vom Überlisten«, in : Rafik Schami, *Eine Hand
voll Sterne*, ©1987 Beltz Verlag, Weinheim und Basel ; »Der flieg-
ende Baum«, »Und die Grille singt wieder«, in : Rafik Schami, *Der
fliegende Baum*, ©1997 Carl Hanser Verlag, München und
Wien ; »Neutrum«, »Andere Sitten«, »Preisempfehlung«, »Herbst-
stimmung«, »Loblied«, in : Rafik Schami, *Gesammelte Oliven-
kerne*, ©1997 Carl Hanser Verlag, München und Wien ; »Vaters
Radio«, »Der Wald und das Streichholz«, »Als Gott noch Groß-
mutter war«, in : Rafik Schami, *Der Fliegenmelker*, ©1997 Carl
Hanser Verlag, München und Wien ; »Die zweite Abnabelung«,
»König der Herrlichkeit«, »Schlange stehen«, in : Rafik Schami,
Reise zwischen Nacht und Morgen, ©1995 Carl Hanser Verlag,
München und Wien ; »Der einäugige Esel«, in : Rafik Schami,
Märchen aus Malula, ©1997 Carl Hanser Verlag, München und
Wien.

Die Farbe der Worte

Jubiläumsausgabe：4., neue und erweiterte Auflage

Rafik Schami

Root Leeb

First published by ars vivendi verlag GmbH & Co. KG, Cadolzburg（Germany）2013

Copyright © ars vivendi verlag GmbH & Co. KG, Cadolzburg（Germany）2013

Japanese edition copyright © Nishimura Co., Ltd. 2019

All rights reserved.

Printed and bound in Japan.

言葉の色彩と魔法

2019 年 5 月 24 日　初版第 1 刷発行

著 ＊ ラフィク・シャミ
絵 ＊ ロート・レープ
訳 ＊ 松永美穂
発行人 ＊ 西村正徳
発行所 ＊ 西村書店　東京出版編集部
　　　　〒 102-0071 東京都千代田区富士見 2-4-6
　　　　Tel.03-3239-7671　Fax.03-3239-7622
　　　　www.nishimurashoten.co.jp
印　刷 ＊ 三報社印刷株式会社
製　本 ＊ 株式会社難波製本

本書の内容を無断で複写・複製・転載すると，著作権および出版権の侵害となることがありますので，ご注意下さい。　ISBN978-4-89013-998-9　C0098　NDC948